빨간 목도리
3호

빨간 목도리 3호

한정영 지음

다른

차례

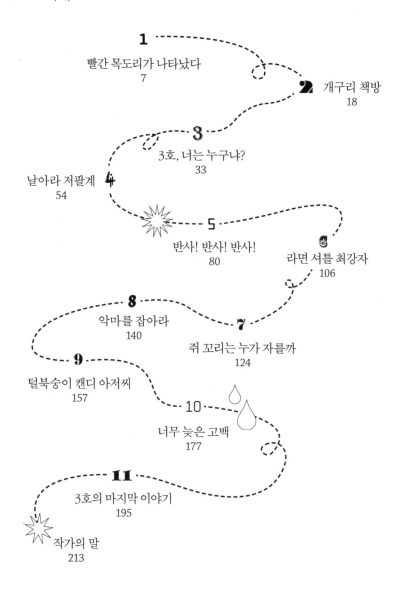

1

빨간 목도리가 나타났다

빨간 목도리가 나타났다.

지난밤, 골목길 가로등 밑에서 세 명의 아이들에게 바지를 털리고 맨다리로 서서, '도와주세요!' 하고 애원하던 그 눈빛으로! 녀석은 그날 새벽 K의 꿈속에까지 나타나 제 빨간 목도리로 K의 목을 조르겠다고 달려들었다. 그런 녀석이 자신의 책방에 들어서자 K는 말 그대로 식겁하고 말았다.

입안이 바싹 말랐고, 심장이 요동쳤다. 숨이 탁 막혔다. 소심한 성격에 뒤로 나자빠지지 않은 것만도 다행이었다.

환기를 위해 열어 둔 문으로 들어온 햇살이 녀석의 발아래에서 꼼지락거렸다. 그때부터 K는 온몸이 근질거리기 시작했다. 어느 한곳에서부터가 아니라, 머리와 발끝만 빼고 온몸 전체가 일시에! 그걸 참느라 온몸에 잔뜩 힘을 주어야 했다.

"너……."

놀란 참에 입을 열었지만, 고작 그 한 음절을 내뱉는 걸로 그만이었다. K는 머릿속이 하얘져서 무슨 말을 해야 할지 아무런 생각도 나지 않았다. '너, 괜찮니?' 하고 물어야 할지, 아니면 '어제 미안했어!' 하고 말해야 할지 고민한 건 그보다 훨씬 나중이었다.

빨간 목도리는 무심한 표정으로 소파에 털썩 주저앉았다.

그때까지 K는 대걸레를 양손에 쥔 채 멍하니 서 있었다. 그런 채로 지난밤의 일들을 머릿속에 떠올렸다.

———————

밤 9시 30분쯤이었나? 낮에 내린 눈이 녹아 질퍽거리던 책방 옆 골목길 모퉁이에서, K는 한 무리의 아이들과 맞닥뜨렸다. 녀석들과의 거리는 불과 10미터 남짓. K는 그 자리에서 걸음을 멈추었다. 돌아설까, 라는 머릿속의 울림이 있었다. 하지만 그의 몸은 그 울림을 따르지 않았다. 갑작스럽게 부딪힌 일이라 판단은 느렸고, 그 탓에 몸은 오히려 둔해졌다.

세어 보니 모두 네 명. 그중 하나가 구석에 몰려서 맨다리로 오들오들 떨고 있었다. 아이는, 오원중학교 교복만 달랑 입은 놈에게 목을 졸리고 있었다. 아이는 빨간 목도리를 두르고 있었다.

그 자리에 서서 멈춰 서 있던 시간이 약 10초쯤? 그동안 K는 모든 상황을 파악했다.

빨간 목도리를 두른 아이는 두 놈에게 양팔을 붙잡힌 채 빠져나가려고 발버둥을 치고 있었다. 무어라고 소리치려는 것 같았는데 목을 붙잡힌 아이는, 컥컥거리기만 할 뿐이었다.

놈들은 기척을 느꼈는지 동작을 멈추었다. 그러더니 저마다 딴청을 했다. 교복 차림만 고개를 돌려 K를 쳐다보았다. 순간, K는 흠칫 몸을 떨었다. 등골에 식은땀이 흘렀다. 그와 동시에, 돌아갈까, 하고 머릿속 한편에서 누가 말했다. 하지만 K는 얼결에 한 걸음 앞으로 내딛고 말았다. 그런 김에 서너 걸음 더 걸었다. 그러다 보니 어느새 무리의 코앞이었다.

별수 없었다. 울며 겨자 먹기로, 모른 척하고 지나치는 수밖에. K는 땅만 보고 걸음을 내디뎠다.

놈들 옆을 스쳐 지나갈 때였다. 도대체 무슨 생각에서 고개를 들었을까. 눈치를 보느라 그런 거였는데, 이번엔 빨간 목도리와 눈이 마주쳤다. 얼굴은 머리 위에서 쏟아지는 가로등 불빛 때문에 그림자에 얼룩져 있었지만, 눈빛만은 또렷하게 빛났다.

빨간 목도리의 눈에는 물기가 가득했다. 그 물빛이 가로등 불빛을 받아 반짝였다. 그 눈빛으로 말했다. '도와주세요! 제발, 도와주

세요!'

소리는 들리지 않았지만, 어찌나 간곡하게 느껴지던지 K는 하마터면 손을 뻗을 뻔했다.

그 때문에 다시 한 번 걸음을 멈추었다. 하지만 K는 빨간 목도리의 눈길을 외면했다. 이런 일에 끼어들고 싶지 않았다. 그럴 용기가 그에게는 없었다. 있었다면, 스무 해 넘게 그림자처럼 살아오진 않았을 것이다.

K는 몸을 살짝 옆으로 비틀며 무리를 지나쳐 갔다.

예닐곱 걸음 더 걸었을 때 K는 한 번 더 빨간 목도리와 눈이 마주쳤다. 돌아보지 말았어야 했는데, 환청 때문에 고개를 돌린 탓이었다.

"도와주세요. 제발⋯⋯."

그래서 이번엔 기어코 돌아설 뻔했다. 하지만 다행스럽게도 뒤에서 누가 그의 어깨를 툭 건드렸다.

"안 갈 거요? 길 막지 말고, 좀 비켜서든가!"

50대 남자였다. 고개를 돌리는 순간, 술 냄새가 훅 풍겼다. K는 쫓기듯 걸었다. 그리고 모퉁이를 돌기 전, 또 한 번 뒤를 돌아보았다. 여전히 빨간 목도리가 이쪽을 쳐다보고 있었다. 그는 어금니를 꽉 물고 가던 길을 갔다. 그쯤에서 뒤쫓아 오던 남자가 추월해 갔다. 그리고 순간 비명이 들렸다.

"아아! 아아아아악!"

그것을 신호로, K는 빨간 목도리가 있는 쪽이 아니라, 오히려 책방 쪽을 향해 내달렸다.

책방에 돌아와서도 빨간 목도리의 눈빛이 머릿속을 떠나지 않았다. K는 빨간 목도리가 자신을 향해 손을 내뻗는 환상에 오랫동안 시달렸다. 어찌나 집요하게 머릿속을 어지럽히던지, 결국 K는 눈앞에 어른거리는 그 눈빛을 향해 턱을 들어 올리고 말했다. "왜? 뭘 어쩌라고? 별수 없잖아. 나 보고 뭘 어떻게 하라고?"

입속에서 웅얼거린 그 말을 듣기라도 한 걸까. 녀석은 꿈에 나타나 제가 목에 두르고 있던 빨간 목도리를 풀어 K의 목을 죄었다. 그러더니 어느새 빨간 목도리의 얼굴이 김진호로 변했고, 놈이 그 빨간 목도리로 K의 목을 옭아맸다.

K는 눈을 뜨자마자 소리를 꽥 질렀다. "나쁜 놈! 해삼 멍게 말미잘 같은 놈!" 하지만 그는 그게 김진호에게 한 욕인지 빨간 목도리에게 한 것인지 몰라서, 끝내 피식 웃고 말았다.

———————————

'정말로 나를 알아본 걸까? 녀석은 내가 책방 주인이란 걸 어떻게 알았을까?'

대걸레를 뒷문 밖에 놓고 돌아오면서 K는 고개를 갸웃거렸다. 이어, 그보다 더 불길한 의문이 곧바로 머릿속에 떠돌았다.

'설마, 일부러 날 찾아온 거야? 왜? 아니, 정말 그 녀석이 맞긴 맞는 거야?'

K는 밭아진 숨을 다독거리며 빨간 목도리 쪽으로 겨우 몇 걸음 내디뎠다. 그리고 녀석의 목도리가 어제의 그것과 똑같은 것임을 확인했다.

빨간 목도리는 어느 틈에 만화책을 꺼내 읽고 있었다. K는 무어라고 말을 걸지는 못했다. 녀석의 옆을 지나쳐 아직까지 열려 있는 문을 닫았다. 그리고 힐끗 녀석 쪽을 쳐다보았다. 그때, K는 다시 놀랐다. 『캔디』때문이었다.

허억!

K는 숨을 멈추고 아랫입술을 깨물었다. 빨간 목도리의 뒤통수를 노려보았다.

많고 많은 만화책 중에서 왜 하필 『캔디』일까?

진작 버렸어야 했는데……. 워낙 오래된 만화책인 데다가 헌책들 사이에 묻혀 있어서 돌아보지 않았던 게 실수였다. 아니, 아무리 그렇다고 하더라도, 왜 꼭 집어서 『캔디』냐고! 녀석은 저걸 도대체 어디서 찾아낸 걸까?

K는 계산대 의자에 앉아 신문을 펼쳐 들었다. 침착해지려고 애썼지만, 손이 떨리는 건 어찌해 볼 도리가 없었다. 그래서 기사 내용에 집중하려고 더욱 안간힘을 썼다. ……**서울 구로 강남 노원구청에서 운영하는 통합관제센터는 지난해부터 관내 107개 초등학교에 약**

592대의 CCTV를 설치하여 24시간 모니터링하고 있다. 만약 학교폭력 사태 등이 발생하면, 센터에서는 빠른 시간 안에 순찰차가 출동할 수 있도록…….

그쯤까지 읽고 K는 생각했다. '모른 체하고 말을 걸어 볼까?'

하지만 금세 포기했다. 섣불리 그럴 필요가 없었다. 그저 만화를 보려고 들어온 것일 수도 있을 테니까. 물론 그렇게 믿고 싶은 거겠지만!

그런데 녀석이 정말 어제의 그 '빨간 목도리'가 맞는 것일까?

'어쩌면 빨간 목도리만 보고 너무 쉽게 어제 그 녀석일 거라고 단정한 건지도 몰라. 충분히 그럴 수 있어.'

그러니 더 두고 볼 일이었다.

한 시간은 금세 지나갔다. 신문 한 면을 다 읽었고, 그러는 사이에 고등학생 두 명이 들어와 『원피스』 세 권을 빌려 갔다. 20대 초반의 아가씨가 순정만화 다섯 권을 빌려 간 뒤, 이어 택배 기사가 사흘 전에 인터넷 쇼핑몰에서 주문한 속옷 12종세트를 놓고 갔다. 다른 날보다 유난히 번잡스러웠다. 그래서 녀석이 더 신경 쓰이는 건지도 모를 일이었다.

다시 30분이 지났다. 그때까지도 빨간 목도리는 미동조차 하지 않았다. 그랬으므로 K도 녀석에게 말을 걸지 않았다.

또 15분쯤 지났을 때, 이틀에 한 번씩은 들르는 단발머리 여고생이 들어왔다. 여자아이인데도 그 애는 공포만화라면 사족을 못

13

쓰는 '덕후'였다. 그런데 오늘따라 유별나게 그 애는 대뜸 책장 꼭대기를 가리키며 말했다.

"저 위에 있는 '프린세스' 꺼내 주세요. 다시 한 번 읽어 보려고요. 세 권만 빼주세요. 1권부터 3권까지."

귀찮았지만, K는 신문을 내려놓고 일어났다. 의자를 딛고 올라섰다. 하지만 책이 단단히 박혀 있어서 힘을 좀 써야 했다. 게다가 비닐 커버를 씌워 놓은 것이라 두 권이 겨우 빠지는 듯하다가 양쪽의 책들이 함께 딸려 나왔다. 결국 『프린세스』 4권과 5권이 바닥으로 떨어졌다.

"어엇!"

K는 떨어지는 책들을 잡으려다 중심을 잃고 말았다. 책장 모서리를 붙잡고 가까스로 자세를 바로잡았다. 겨우 책들을 추슬러 놓고 의자에서 내려왔다.

그런데, 없었다. 빨간 목도리가 보이지 않았다.

"여기…… 여기 있던 빨간 목도리 두른 애 언제 나갔지?" K가 여고생에게 물었다.

"네? 누구요?"

"여기 있던……. 아, 아니야." K는 얼른 고개를 저었다.

'뭐야, 이 자식! 그럼 역시 나를 알아본 게 아니었던 거야? 역시 그랬던 거였어.'

K는 혼자 묻고, 혼자 고개를 끄덕였다. 그러고 나자 흥분이 좀

가라앉았다. 물론 뒷맛은 개운치 않았다.

───────────────

　결국 또 같은 꿈을 꾸었다. K는 예외 없이 빨간 목도리를 만났고, 빨간 목도리는 김진호가 되어 K의 목을 졸랐다. 그는 새벽까지 잠들었다 깨어나기를 반복하면서 전날 겪은 일과 스물 몇 해 전의 기억들 사이를 쉴 새 없이 오갔다.
　……김진호는 3교시가 끝나자 수학책을 꺼내고 있는 그에게 다가와 말했다. "어이, 캔디! 우리가 먹을 소시지빵 세 개만 사 와. 시간은 3분!" 이어 병수가 옆에서 진호를 따라 앵무새처럼 조잘댔다. "시간은 3분!" 그리고 규종이가 책상 위에 100원짜리 동전 세 개를 내려놓았다. "소시지빵은 한 개에 500원인데……." 그러나 K는 채 말을 맺지 못했다. 진호가 둥글게 말아 쥔 공책으로 뒤통수를 후려쳤기 때문이다. 진호는 이어 턱으로 문 쪽을 가리켰다. 하지만 K는 또 우물거렸다. "아무리 빨리 달려도 3분은……." 그러자 대뜸 욕설이 날아왔다. "이 새끼, 왜 이렇게 말을 못 알아들어?" "그러게. 말을 못 알아듣네." 규종이가 팔꿈치로 K의 어깨를 찍었고, 병수도 따라서 나불거렸다. 진호는 그런 K를 쳐다보며 피식 웃었다. 그 얼굴들이 풍선처럼 커지더니 눈앞으로 바싹 다가왔다…….
　……담임의 종례가 끝나자 병수가, "우리 수학 숙제도 네가 좀 해 와. 알았지?" 했다. 그러고는 공책 세 권을 책상 위에 툭 던졌다.

K는 그 공책을 집어넣는 대신 말했다. "오늘은 엄마 심부름 가야 해서……." 하지만 말이 채 끝나기도 전에 김진호의 손이 K의 왼쪽 뺨을 훑었다. 통증은 빠르고 깊었다. 세포 하나하나가 찢어지는 듯한 느낌이었달까? 숨까지 턱 막혔다. 얼굴이 홱 돌아갔고, 안경이 벗겨졌다. 뺨이 얼얼했다. 금방 눈가가 젖었다…….

울다가 깼다. 그러나 다시 잠들자, 꿈은 이어졌다.

……김진호가 말했다. "주말까지 3만 원 가져와." 그런 돈이 있을 리 없었다. "일주일 용돈은 만 원이야." 그러자 김진호는 대뜸 등짝과 엉덩이에 발길질을 해댔다. 그러면서 말했다. "그건 네 사정이고, 까라면 까, 이 새꺄! 혓바닥을 쫙 뽑아 버리기 전에!" K는 바닥에 무릎을 꿇었다. 그러자 이번에는 어깨를 밟았다. "아아! 아파!" 하고 소리쳤지만, 진호는 한 번 더 K의 배를 걷어차더니, 빨간 목도리 — 어느새 그 목도리가 K의 목을 감고 있었다! — 로 목을 조르기 시작했다. "꾸엑! 꾸웨엑!" 돼지 멱따는 소리가 그럴 거라 생각했다. K는 양손을 허우적거렸다. "도와줘!" 병수와 규종이의 어깨 너머로 힐끔거리는 반 아이들에게 외쳤다. 하지만 아이들은 무심히 지나갔다. 선생님에게도 간절히 손을 뻗었다. "도와주세요!" K는 간절히 말했지만, 선생님은 못 볼 걸 본 듯 얼른 고개를 돌리고 빠른 걸음으로 사라져 갔다…….

그랬다. 빨간 목도리가 어제의 그 녀석이든 아니든, 그게 문제가 아니었다. 녀석 때문에 애써 묻어 두었던 오래전의 기억들이 마치 어제 일처럼 생생하게 되살아나기 시작했다는 것, 그리하여 단 한 순간도 긴장을 늦출 수 없게 되었다는 것, 그게 문제였다. K는 겨우 깨어나 버릇처럼 온몸을 벅벅 긁어 댔다. 그럴수록 가려움증은 등으로 번져 갔다. 마침내 그는 일어나 벽에 등을 문질러 댔다.

2

개구리 책방

오늘도, 1시간 30분은 족히 지났을 거였다.

어제 그 자리에 앉은 채, 빨간 목도리는 꼼짝도 하지 않았다. 그 긴(!) 시간 동안 녀석은 자세 한 번 바꾸는 일 없이 만화책만 들여다보고 있었다. 도대체 숨은 쉬고 있는 건지……. 계산대에서 녀석이 앉아 있는 소파까지의 거리는 불과 열댓 걸음 남짓. 더구나 지금 채 열 평이 안 되는 책방에는 녀석과 K, 단 둘뿐. 들리는 소리라고는 바깥에서 이따금 자동차 지나가는 소음 정도? 그런데 숨소리는 물론, 책장 넘기는 소리조차 들리지 않았다.

벌써 일주일째, 빨간 목도리는 K가 모르는 사이에 나타나 이러고 있다가 홀연히 사라지곤 했다.

'녀석은 틀림없이 나에게 보복이라도 할 요량인 거다! 아마 수도 없이 나를 원망했겠지. 그래! 나도 그랬어. 진호도 미웠지만, 내가 이유 없이 맞는 것을 보고도 모른 체했던 주위의 아이들도 너무 야속했으니까. 그렇다면 빨간 목도리는 내 뒤통수라도 한 대 후려갈기고 싶었을 거야!'

마침내 K의 생각은 거기까지 미쳤다. 그래서 이틀 전부터 그는 녀석에게 하루빨리 미안하다는 말을 하는 게 낫겠다고, 그러면 녀석이 말없이 돌아가 줄지도 모른다고, 혹 오래된 만화책이라도 몇 권 줘서 보내면 다시는 나타나지 않을 거라고, 스스로를 다독였다.

빨간 목도리에게 해야 할 말도 이미 생각해 두었다. 미안해. 그때는 어쩔 수가 없었어. 왜 그런 거 있잖아. 머리는 너를 도와주어야 한다고 말하는데, 몸이 말을 듣지 않는 거야. 네 멱살을 쥐고 있던 그놈과 눈이 마주치는 순간…… 휴! 하필이면 놈이 김진호를 닮았더라고!

말투는 최대한 부드럽게, 약간은 낮은 톤으로. 그리고 살짝 멋쩍은 미소를 지으며 한 손으론 빨간 목도리의 어깨를 토닥거려야지. 이런 리허설을 하루에도 스무 번쯤 했나 보다. 이젠 그 말을 토씨 하나 틀리지 않고 반복할 수 있을 지경이니까. 생각 끝에 K는 들고 있던 신문을 내려놓았다. 그리고 숨을 길게 두 번 내쉬고, 주먹을 꽉 쥐었다.

하지만 K는 끝내 일어서지 못했다. 벼락같이 솟아오른 자존심이 발목을 붙잡았던 것이다.

'왜 그래야 하는데? 나도 김진호에게 수없이 맞고, 온갖 셔틀에 시달렸어. 하지만 아무도 나를 도와주지 않았잖아. 결국 자기 몫인 거야!'

K는 다시 신문을 펼쳐 들었다. 조금만 더 기다려 보자, 라고 그는 생각했다. 물론 그렇게 생각했던 '조금'의 시간이 벌써 며칠이 지나고, 마침내 일주일이나 지났지만.

신문 너머로 녀석을 힐끗 쳐다보았다. 녀석은 여전히 그대로였다. K는 시선을 신문 안쪽으로 옮겼다. 오른쪽 윗단, '**구봉신 칼럼, 힐링이 필요한 사회**'라는 제목의 아래 글자들. ……**가령 얼마 전 일본에서는 한 남자가 버스를 기다리던 여성을 밀어 정류장에 진입하던 버스에 치여 숨지게 한 일이 있었는데**……. **이처럼 스트레스가 많은 사회가 잔혹한 범죄를 유발하는 것이며, 사실상 '묻지 마 범죄'의 형태는 이를 치유하라는 끊임없는 경고이다.** ……**따라서 힐링 캠프는 이제 개개인을 넘어서 사회 전체가 그 대상이 되어야 한다**……. 뒤의 문장은 일부러 낮게 소리 내서 읽었다. 그러면서 슬쩍 빨간 목도리의 반응을 확인했다. 물론 녀석은 꼼짝도 하지 않았다.

빨간 목도리가 움직였다. K는 신문을 조금 아래로 내렸다. 녀석은 옆에 세워 둔 가방을 더듬고 있었다. K는 등이 시렸다. 내가 지켜보고 있다는 것을 눈치챈 게 틀림없어, 라고 K는 생각했다.

'그렇다면 혹시 가방에 흉기라도? 아, 씨발. 그럼, 멘붕인데!'

도리질을 쳤지만 K의 머릿속에는 얼마 전, 공포만화 '덕후' 여고생이 추천해서 봤던 『지옥소녀』가 떠올랐다—밤 12시에만 열리는 '지옥통신'이라는 사이트. 억울한 일을 당하면 그 사이트에 접속해서 지옥에 보내 버리고 싶은 사람의 이름을 쳐 넣는다. 그러면 접수한 사람의 영혼을 가져가고 대신 지옥소녀가 나타나서 처참하게 복수를 가한다. 눈에는 눈, 이에는 이……!

'그럼, 녀석이 내 이름을 지옥통신에? 아니지, 아니야! 녀석이 내 이름을 알 리가 없지. 게다가 그건 만화잖아. 그런 사이트가 어디 있어?'

K는 얼른 고개를 저었다.

물론 흉기를 떠올린 건 만화 때문만은 아니었다. 김진호가 한 번만 더 속옷을 벗겨 여학생 탈의실로 밀어 넣었다면, K는 가방에 일주일이나 숨겨 둔 그 노란 송곳을 휘둘렀을 것이다. 결국 한 번도 꺼내 보지 못한 채 담임에게 들켜 빼앗기고 말았지만.

K는 선 채로 움직이지 않았다. 다행히 빨간 목도리는 가방에서 아무것도 꺼내지 않았다. 아니, 꺼내려다가 저팔계가 나타나는 바

람에 다시 집어넣은 건가?

"캔디 형님! 아직 문 안 닫았어?"

길 건너 정육점 주인 백 씨였다. 유난히 살이 오른 얼굴과 두꺼운 목덜미, 짝 찢어진 눈에 들창코까지. 거기에 수건만 씌워 놓으면 영락없이 「날아라 슈퍼보드」의 저팔계였다. 그렇게 부를 생각은 없었다. 놈이 먼저 '캔디'라고 부르지만 않았으면. 이를테면 소심한 복수라고나 할까. 그러다 보니 하루에 한 번 이상 꼭꼭 책방을 기웃거리는 놈의 딸도 싫어졌다. 오죽했으면, K가 그 애 별명을 '저팔녀'이라고 붙였을까.

저팔계는 한 손에는 담배를 든 채, 한 손으로는 불룩 나온 배를 툭툭 두드리며 책방 안으로 들어섰다. 핏빛이 도는 얼굴로 보아 이미 술깨나 마신 듯했다.

"담배……."

K는 대답 대신 낮은 소리로 말했다.

"에이, 아무도 없는데 뭐 어때!"

저 입비뚤이 같은 자식, 말은 바로 해야지. 아무도 없다니! 소파에 앉아서 두 시간째 『캔디』를 보고 있는 저 빨간 목도리는 뭐람? 네놈 코 위에 있는 그건 돼지고기 썰다가 칼에 베인 자국이냐? 그리고 저 녀석이 여기에 나타난 것도 다 너 때문이잖아!

K는 소리라도 꽥 지르고 싶었다. 그러나 생각뿐, 말을 뱉는 대신 K는 눈짓으로 소파를 가리켰다. 하지만 저팔계는 소파를 보는 둥

마는 둥 하고 언제나처럼 성인만화 책장 앞을 서성거렸다.

아마 그쪽에서 저팔계가 볼 만화책은 이제 없을 것이다. 벌써 석 달째 성인만화를 들여놓지 않았으니까. K는 저팔계가 책을 빌려 가서 핏물이 밴 널따란 도마 위에 올려놓고 보는 게 정말이지 싫었다. 그러고 나면 핏물이 표지에, 때로는 안쪽까지 배어들어 거뭇한 흔적을 남겼다. 냄새도 났다. 그래서 때로는 구역질이 났다.

놈에게 진저리를 치는 이유는 또 있었다. 놈은 만화책을 한번 빌려 가면, 제 날짜에 반납한 적이 없었다. 사흘쯤 지나서 만화책을 찾으러 가면 뻔뻔하게도, "놔둬! 나 아직 안 봤어." 했다. 그러고는 하루 이틀이 더 지난 뒤에 가져와서 하는 말이, "이것들 재미 하나도 없더라. 다른 걸로 바꿔 갈게."였다. 물론 K는 저팔계가 그 만화책을 다 보았다는 것을 알고 있었다. 가끔 유리창 너머로 내다보면 저팔계가 돼지고기 핏물이 밴 도마 위에 만화책을 올려놓고 낄낄거리는 모습이 보이니까.

아니, 그 정도까지는 참을 수 있었다. 손님이 오가는데도 책방 컴퓨터로 게임을 하거나, 소파에 퍼질러 앉아 술을 마실 때는, 정말이지 놈의 뒤통수를 후려치고 싶을 지경이었다.

"캔디 형! 여긴 왜 디브이디는 없어? 저 아래 주라기 책방에는 최신 영화까지 싹 갖춰 놓았던데. 이래 가지고 손님이 오겠어?"

"말했잖아. 관리가 힘들어. 혼자서 하려면······."

더듬거리며 말했다. 하지만 시선은 『캔디』에 파묻혀 있는 빨간 목도리에게로 향했다. 녀석은 책방 안이 그다지 춥지 않은데도 검은 외투에 걸친 빨간 목도리를 풀지 않았다.

"뭐가 힘들어. 관리는 컴퓨터가 하는 거잖아. 주라기 책방에는 손님이 북적북적하던데. 여긴 도대체 손님이 있는 꼴을 못 봤어. 하긴 신간도 별로 없고……."

저팔계는 성인만화를 뺐다가 꽂았다가 하면서 중얼거렸다. 이번에는 대꾸하지 않았다. 그러자 저팔계는 K의 얼굴을 훑어보더니 비웃듯 말했다.

"형! 정말 그 수염 안 깎을 거야? 그게 지금 어울린다고 생각해?"

K는 아무런 대꾸도 하지 않았다. 대신 입속에 말을 가두고 소리쳤다. "너 때문에 기른 거잖아!" 그는 맥없이 턱수염과 구레나룻을 쓰다듬었다.

그랬다. K가 수염을 기른 건 저팔계 때문이었다. 20년도 훨씬 지난 후에 '캔디'란 별명의 봉인을 풀어 버린 것도 모자라, 놈은 책방을 기웃거리면서 가끔씩 더 많은 기억의 상자를 열려고 했다. "형, 여장하면 진짜 잘 어울리겠는걸? 동안에다가 흰 피부에다가! 머리 기르고 화장해 봐. 여자애들이 언니라고 부를 거 같은데?" 이를테면 그런 말들. 놈은 별 생각 없이 지껄였겠지만, 그 말들은 갈퀴손이 되어 갈기갈기 찢어 버린 기억의 미세한 조각들까지 자꾸만 긁어 모았다.

"형이 그러고 있으니까, 손님들이 더 안 오는 거 같아. 그런 생각 안 해봤어?"

정말 그렇다면, 수염 기르기를 잘한 거였다. 사람들이 북적거리는 게 싫었으니까. K는 자기도 모르게 고개를 두어 번 끄덕였다.

"아! 그리고 낮에 어디 갔다 왔어? 왜 문을 안 연 거야? 요즘 캔디 형 바쁜가 봐? 혹시 연애라도 하는 거야? 키키킥!"

대답이 없자, 저팔계는 혼자 시시덕거렸다. 비곗덩어리 같은 새끼! K는 놈의 얼굴을 외면했다.

곧 저팔계는 만화책을 세 권 빼더니, 그걸 들어 보였다.

"나, 이거 좀 봐도 되지? 어차피 내일 오전까지는 손님 없을 거 아니야."

표지에 비키니를 입은 여자의 그림이 크게 그려진 성인만화였다. 유난히 과장되게 그린 가슴이 돋보였다. 이미 놈의 눈알은 표지 위에서, 가슴의 굴곡을 따라 또르르 굴러다니고 있었다. 소리까지 들릴 판이었다. 음탕한 자식!

"돈은……."

어렵게 말을 꺼냈지만, 저팔계는 간단히 무시하고 밖으로 나가 버렸다. K의 목소리가 크지 않았으므로 듣지 못했을 거였다. 들었더라도, '본 건데 뭘 돈을 또 받아?' 하든가, 아니면 '일단 보고 재미있으면 줄게.' 할 것이다. 족대길 수도 없는 노릇, 그냥 모른 체해야 속이 편할 거였다.

다시 책방 안에는 K와 빨간 목도리만 남았다. K는 신문을 펼쳐 들었다. 아까 읽던 부분이 눈에 들어왔다. ……**CCTV 통합관제센터가 여러모로 효과가 있다고 판단된다며, 2014년까지 서울 시내 24개 지구 전체의 초·중학교에 CCTV를**……. 그러다가 K는 문득 신문을 내리고 소리 없이 빨간 목도리에게 말했다. '그래! 오늘은 어떤 식으로든 끝내자!'

K는 저팔계 때문에 흐트러졌던 마음을 추스르고 곧바로 일어났다. 녀석이 아직까지 안 가고 버티는 건, 각오를 하고 왔다는 의미일 터. 그런 생각이 들자, 마음이 다급해졌다. K는 아랫배에 힘을 주고 일어났다. 의자가 끌리는 소리가 났다.

"흠, 흐음!"

K는 헛기침을 하고 천천히 녀석에게 다가갔다.

"너, 지난번에……."

K가 입을 연 그때, 녀석이 벌떡 일어났다. 옆으로 늘어져 있던 빨간 목도리가 뱀처럼 스르르 따라 올라왔다. 빨간 목도리가 선 채로 K를 마주 보았다. K는 흠칫 놀라 뒤로 물러섰다. 그러나 녀석은 곧바로, 몸을 획 돌려 밖으로 나가 버렸다.

"뭐, 저런……!"

맥이 풀렸다. K는 빨간 목도리가 앉아 있던 소파에 털썩 주저앉았다.

소파에는 아직 빨간 목도리의 온기가 남아 있었지만, 그래도 등이 시렸다. K는 천장을 올려다보며 길게 숨을 내쉬었다.

"왜 이러는 거니? 이러지 마……."

K는 머리를 쥐어뜯으며 중얼거렸다. 그리고 천천히 일어나서 소파 앞 테이블 위에 흩어져 있는 만화책을 집어 책장에 꽂았다.

직장에서 셀 수도 없이 쫓겨난 K에게, 엄마가 장사라도 해볼 테냐, 라고 물었을 때, 맨 먼저 떠오른 것이 책방이었다. 왼쪽 눈 위의 까만 점이 유난히 큰 할아버지가 지키던 개구리 책방이 생각나서였다. 학교에서 집으로 돌아가는 언덕길 모퉁이에 붙박여 있던 개구리 책방은 그가 김진호를 피해 가장 많이 숨어들었던 곳이었다. 'ㄱ'자로 구부러진 책방의 안쪽으로 들어가면 오래된 만화와 철 지난 잡지가 양쪽에 빼곡했고, 그곳에서는 바깥의 소음조차 잘 들리지 않았다. 그런 탓에 웬만한 손님들은 그 비좁은 서가 안까지 들어서는 일이 거의 없었다.

K의 마음을 아는지 모르는지 엄마는 카페에서부터, 무슨 옷 가게 대리점, 휴대폰 판매점까지 그를 계속 끌고 다녔다. 물론 K는, "어때? 괜찮지?"라고 엄마가 물을 때마다 입을 꽉 다물고 다시 열지 않음으로써 엄마의 제안을 거부했다. 그리고 마침내 엄마가, "넌 뭘 하고 싶은데?"라고 물었을 때 조심스럽게 "책방."이라고 대답했다.

"뭐? 남들은 사양 업종이라고 다 마다하는 책방을 하겠다고?"
엄마는 미간을 좁히며 목소리를 높였다. 그에 비해 K는 담담하게
고개를 끄덕였다. 그러자 엄마는 퉁명스럽게 쏘아붙였다. "왜 하필
책방이야? 우중충하게! 다른 번듯한 장사도 많은데, 넌 어째 꼭 그
런 걸 고르니?"

그런 말로 시작해서 엄마는, 몇 날 며칠 동안 K의 마음을 돌리
려고 무던히도 애를 썼다. "네가 연애라도 해봐. 책방 한다고 하면
어떤 여자가 좋아하겠어?"라는 말부터, "목 좋은 데서 커피숍을
하는 게 낫지 않니? 요즘엔 바리스탄가 뭔가, 하면서 인기도 많다
던데. 아니면 제과점은? 빵 만드는 기술이야 금방 배울 거 아니니.
하긴, 요즘은 대부분 체인점이라 본사에서 배달해 준다고 하더라.
그것도 아니면 알바생 두고 편의점이라도 하든가……." K는 그런
엄마의 말에 일관되게 고개를 저었다. 결국 엄마도 포기했다.

지난 늦가을에는, 책방 한가운데 가로로 놓여 있던 책장 두 개
를 옮겨 출구 옆의 쇼윈도를 막아 버렸다. 원래 쇼윈도에는 신간
잡지와 인기 도서들을 진열해 놨었다. 그래서 사람들이 지나가다
멈춰 서서 책 표지를 보면서 책방 안을 힐끗거리곤 했다. K에겐 그
게 영 거북살스러웠던 것이다.

생각했던 것보다 책방은 훨씬 아늑해졌다. 옛 개구리 책방의 분
위기도 얼추 나는 것 같았다.

하지만 귀찮은 일도 생겼다. 소파를 놓은 뒤부터 만화책을 보고

가겠다는 사람들이 생겨났다. 주로 중고등학생들이었다. 녀석들은, 이번 딱 한 번만 보고 갈게요, 라고 말하며 주저앉곤 했다. 그것이 네댓 번 반복되었고, 지금은 더 잦아졌다. K는 처음부터 딱 잘라 거절하지 못한 것을 후회했다. 그랬더라면 빨간 목도리가 매일 찾아와서 두 시간이나 앉아 있다가 가진 못했을 텐데.

_____

K는 문 옆의 스위치를 눌러 간판 전등을 껐다. 그리고 밖으로 나섰다.

그런데, 셔터를 반쯤 내렸을 때, 이상하게 뒤통수가 간지러웠다. K는 고개를 홱 돌렸다. 빨간 목도리가 불 꺼진 정육점 앞에 앉아 있었다! 일순간 찬바람이 그의 가슴속으로 스며들었다.

'예측이 맞았다! 녀석 역시 오늘 안으로 끝장을 볼 셈인 거다!'

그렇게 생각하는 순간, K의 심장은 세 배쯤 빨리 뛰었다. 동시에 어디선가 외침이 들려왔다. "도망쳐! 서두르란 말이야! 어서!"

K는 다시 책방 안으로 들어서서 재빨리 셔터를 내렸다. 앉지도 서지도 못한 채 제자리에서 맴을 돌았다.

'침착하자. 침착해!'

K는 혼자 연신 중얼거렸다.

'그래 봤자, 녀석은 중학생일 뿐이야. 게다가 덩치도 그리 크지 않아. 그런 녀석이 뭘 어쩐다고 이러는 거야? 나이는 마흔이 넘어

가지고!'

한참 만에 K는 정신을 다잡고 책방 안의 불을 껐다. 그리고 뒷문으로 나가 2층의 자기 방으로 올라갔다.

그런데 이번에는 어둠이 K의 목을 졸랐다. 이편 벽에서 머리 없는 석고상들이 사람을 죽여 그 머리를 갖겠다고 아우성쳤고, 저편 벽에서는 입이 쭉 찢어진 여자가 피 맺힌 입술로 웃음을 흘렸다. 그러다가 눈을 감았다가 뜨니, 토막 살인을 당한 토미에이토 준지의 만화 「토미에」의 여주인공가 여기저기서 달려들었다. 김진호에게 맞고 들어간 날이나 쫓기며 개구리 책방으로 숨어든 날 종종 나타났던 환상과 흡사했다.

허헉!

K는 숨을 쉴 수가 없었다. 눈앞이 희끈거렸다.

꽤 시간이 지난 뒤에, 벽에서 튀어나왔던 만화의 주인공들이 사라지고 희미하게 방의 물건들이 하나둘 나타났다.

K는 불을 켜지 않고 창문으로 다가갔다.

"빨간 목도리……."

그렇게 중얼거리며 블라인드를 조금 올리고 밖을 내다보았다. 빨간 목도리는 아직도 그 자리에 앉아 있었다.

"너, 뭐야? 나한테 무슨 짓을 하려는 거야? 도대체 나한테 왜 이러는 거야?" K는 혼잣말을 하고 방 안을 서성거렸다. 다시 벽에서 만화 주인공들이 힐끗거리기 시작했다. 그는 고개를 저었다. 그러다 방바닥에 벌렁 누워 버렸다. 이불을 뒤집어썼다.

곧 일어나 냉수를 마시고, 다시 책상 앞에 앉았다가 또 일어났다. 밖을 내다보았다. 여전히 빨간 목도리는 그 자리에 앉아 있었다.

K는 휴대폰을 꺼냈다. 하지만 막상 무얼 해야 할지 몰라서 다시 전화기를 내던졌다.

얼추 30분은 지난 듯했다. 창밖의 빨간 목도리는 그대로였다. 아니, 가만히 살펴보니, 몸이 조금 옆으로 기울어져 있었다.

또 20분. 녀석은 아직도 있었다.

"나쁜 새끼! 김진호보다 더한 새끼!"

마침내 한 시간이 지났다. 목이 말랐다. 물을 자꾸 마시는데도 목이 탔다. K는 누웠다가, 뒹굴었다가, 다시 일어났다. 그리고 다시 책상 앞에 앉았다가, 서성대다가, 숨을 길게 내쉬고…….

그사이 또 30분이 지났다. 내다보니 빨간 목도리는 몸이 반쯤 옆으로 기울어져 있었다.

"뭐 하자는 거야, 저 새끼!"

욕이 나왔다. K는 주먹으로 벽을 쳤다. 그리고 또 방 안을 서성댔다.

다시 한 시간이 지났다. 아마 그런 것 같다. 녀석은 아직도 그 자리에 있었다. 움직임이 없었다. K는 창문을 열었다. 목을 내밀었다. 녀석이 꿈틀대는 게 보였다. 그때, 행인 둘이 지나가면서 녀석을 힐끔 쳐다보았다. 그러더니 걸음을 빨리했다.

그런데 그다음 순간, 녀석이 앞으로 고개를 꺾는 듯싶더니……바닥으로 쓰러졌다! K는 반사적으로 창문을 활짝 열었다. 일시에 찬 공기가 몰아닥쳐 온몸을 휘감았다. 동시에 전기가 통한 듯 손끝이 찌릿했다.

"으으아아아!"

K는 신음도 아니고 비명도 아닌 소리를 입가에 흘리며 밖으로 달려 나갔다.

3

3호, 너는 누구냐?

사시나무 떨듯 하던 녀석을 방 안에 옮기고 나자, K는 온갖 생각으로 머리가 복잡해졌다.

……119를 부르면 나도 구급차에 타야 할 거야. 드라마 같은 데서 보면, 구급대원이 꼭 그러더라. 보호자도 함께 타세요. 병원에 도착하면 간호사가 묻겠지. 보호자 되시죠? 환자 이름이 어떻게 되나요? 아니요, 전 아무것도 몰라요. 모른다니요? 가족 아니세요? 아니에요. 모르는 아이예요. 그럼, 이 학생은 누구죠? 모른다니까요. 세상에! 정말이에요? 그럼, 일단 경찰에 신고부터 해야

겠네요. 경찰이라뇨? 내가 뭘 잘못했다고. 그런 게 아니라, 이 아이가 누군지 알아야 할 거 아니에요……. 아마 경찰은 빨간 목도리가 쓰러진 게 나 때문이라고 생각할지 모른다. 아니, 저 녀석은 깨어나자마자 나를 가리키며 그렇게 말할 거야. 저 아저씨가 나를 이렇게 만들었어요…….

생각은 밑도 끝도 없이 풍선처럼 부풀어 빵빵해졌다. K는 한동안 어찌할 바를 몰라 발을 동동 굴렀다. 그는 정신을 가다듬으려 애썼다.

'그래, 어차피 녀석이 죽을 것도 아닌데, 이렇게 된 바에야 차라리 오늘 안으로 끝장을 보는 게 낫다!'

K는 곧 빨간 목도리의 외투를 벗기고, 아랫목에 눕혔다. 그리고 따뜻한 물에 수건을 적셔 와 녀석의 얼굴과 손을 닦아 주었다.

'별일은 없겠지? 그래! 잘한 거야! 어쩌면 동사(凍死) 직전에 자신을 구해 준 나에게 되레 고마워할지도 몰라.'

그래서 마음의 준비를 하고, K는 녀석이 정신을 차릴 때까지 기다렸다.

그러는 동안, K는 몸 여기저기를 긁었다. 사타구니와 겨드랑이, 허리. 오늘따라 유별났다. 그다지 잘못 먹은 것도 없는데. 짜증이 치밀어 올랐다.

빨간 목도리는 채 한 시간이 되지 않아 눈을 떴다. 하지만 초점이 없었다. 어진혼 나간 사람처럼, 녀석은 낮은 숨소리만 냈다. K가 옆에서 기웃거리자, 녀석은 그쪽으로 눈동자를 움직였다.

여긴 어디죠? 아저씨는 누구죠? 그런 말들을 기대했지만 녀석의 입은 열리지 않았다. 담담한 표정으로 K를 쳐다보더니 곧 시선을 거두어 갔다. 속마음을 들킨 것처럼, K는 무안해졌다.

K는 잠시 기다렸다. 이를테면 녀석에게 시간을 준 거였다. 5분쯤? 그래도 녀석은 말이 없었다.

하는 수 없었다.

"이제 좀 괜찮니? 내가 아니었으면, 너 얼어 죽을 뻔했어."

K는, 내가 널 구한 거야, 라는 메시지가 분명히 전달되도록 또렷한 목소리로 말했다. 하지만 빨간 목도리는 반응이 없었다. 고마워요, 라고 한마디쯤은 해야 하는 거 아닌가?

K는 다시 물었다.

"혹시 나를 기다린 거니? 내 말은, 지난번 일로 나한테 감정이 있어서 찾아온 거냐고."

이번에도 묵묵부답. K는 답답한 마음에 목소리를 높였다.

"왜 말을 안 해? 일주일 동안이나 나를 괴롭혔으면서! 교복을 보니까 오원중학교 다니는 것 같고, 몇 학년이니? 3학년쯤 돼? 이름이 뭐야?"

좀 서두르고 있는 건가? 하긴 죽다가 살아난 놈한테 숨 돌릴 틈도 주지 않고 심문(?)을 하고 있는 셈이니까. K는 입맛을 다셨다.

하지만 K는, 일주일이 넘게 계속된 녀석과의 이 불편한 상황을 빨리 끝장내고 싶었다. 그렇지 않으면 또 몇 날 며칠을 사나운 꿈에 시달릴지 모를 일이므로. 빨간 목도리가 목을 죄거나, 만화의 주인공들이 어깨를 축 늘어뜨리고, 다크서클을 짙게 드리운 채 눈을 거들뜨고 달려드는 그런 악몽.

"너 정말 나를 기다린 거야? 그러니까 내 말은, 지난번 일로 나한테 감정이 있어서 찾아온 거냐고. 네가 도와 달라고 했는데, 내가 그냥 내빼서 화난 거야? 그건 정말 미안해. 하지만 나도 어쩔 수가 없었어. 더구나 그쪽은 세 명이나 됐잖아. 아무리 내가 어른이라도 어떻게 하겠어. 네가 나였더라도 별수 없었을 거야."

K는 횡설수설하고 있었다. 참으로 모양 빠지는 짓이란 생각이 들었다. 도대체 이 아이에게 무슨 말을 하고 싶어 이러는 걸까? 그날에 대한 변명? 빨리 돌아가라는 설득? 중심을 잡을 수 없다 보니, 그의 말은, 마침내 엉뚱한 쪽으로 방향을 틀었다. 그것도 하필이면 '진입 금지' 표지판이 선명한, 폐쇄된 기억의 통로를 향해서!

"너…… 같은 아이들, 나도 잘 알아! 그래도 넌 옷은 뺏기지 않았지? 난 산 지 이틀밖에 안 된 파카도 뺏겨 봤어. 크리스마스 선물로 받은 거였지. 난 엄마한테 잃어버렸다고 거짓말을 해야 했고, 김진호라는 녀석이 그 파카를 겨울 내내 입고 다녔어. 참, 내가 말했나? 네 뺨을 툭툭 때리고 목을 조르던 그 덩치 큰 녀석, 김진호랑 정말 닮았어. 얼마나 놀랐는지 몰라. 왜 엄마한테 사실대로 말하지 않았냐고? 그럴 수 없었어. 보복이 너무 두려웠거든. 그전에도 누나가 사준 샤프 연필을 말도 없이 가져가서 안 돌려준 적이 있어. 그래서 순진하게도 선생님을 찾아가 말씀드렸지. 무슨 일이 일어났을 거 같아? 물론 김진호는 담임선생님한테 심하게 꾸중을 들었어. 하지만 난 치명적인 실수를 저질렀다는 걸 곧 알게 됐지. 난 점심시간에 옥상으로 끌려갔어. 진호 녀석이 대뜸 발을 들어 올려 내 가슴팍을 밀어 차더라. 그리고 내가 넘어지니까 달려와서 옆구리를 걷어찼어. 나도 모르게 헉, 하는 소리가 났어. 숨을 쉴 수 없었지. 하지만 그건 겨우 시작일 뿐이었어. 내가 몸을 움츠리자 등을 대여섯 차례 발뒤꿈치로 찍더니, 다시 옆으로 돌아서 옆구리를 짓밟더라. 그리고 다시 가슴과 배, 허벅지를 차례로 걷어찼어. 한참을 그러고 나더니 김진호가 말했어. '또 일러. 담탱이한테든, 너희 꼰대한테든!'"

내가 조바심을 내고 있구나, 라고 K는 생각했다. 그렇지 않고서야 이런 이야기까지 할 필요는 없었다. 그는 스스로가 한심해서 견딜 수가 없었다.

이 정도면 알아듣지 않았을까? K는 입술에 침을 바르고 다시 말을 이었다.

"다시 한 번 말하지만, 그때는 정말 미안했어. 그러니까 이제 그만했으면 좋겠어. 알았지?"

순간 빨간 목도리의 턱이 위아래로 조금 움직이는 듯했다. 형광등 불빛 때문인지 녀석의 창백한 얼굴 표정도 조금 전보다는 밝아진 듯했다.

"그래, 고마워. 이해해 줘서. 그럼, 이제 일어날까?"

K는 빨간 목도리의 팔을 붙잡았다. 일으켜 세울 요량이었다. 그런데 녀석의 얼굴이 다시 일그러졌다.

"음, 혼자 가기 무서우면 내가 바래다줄게."

요지부동이었다. 표정으로 보아, 녀석은 가기 싫다는 거였다. 가출이라도 했다는 건가?

"그럼 말이지……."

말을 꺼내 놓고 K는 더 이상 잇지를 못했다. 머리가 지끈거렸다. 도대체 이 녀석이 원하는 게 뭘까? 정중한 사과마저 받지 않겠다면 혹시…… 돈? 설마……! 아니면? 그럼 이렇게 말도 없이 앉아 있을 리가 없지 않은가?

녀석의 속셈을, 아직은 알 수 없는 일이었다. 일단 K는 녀석을 조금 더 다독거려 보기로 했다.

"왜 집을 나왔는지는 모르지만……. 그래, 어쩌다 보면 가출할 수도 있지. 알아! 나도 그랬으니까. 좋아! 오늘 하루만 여기서 자도록 해. 그리고 내일 일찍 집으로 돌아가는 거야. 알았지? 학교도 가야 하잖아. 아, 참! 방학인가? 어쨌든 내일 아침에 일어나자마자 집으로 돌아가."

그 말에 안심이 되었던 걸까. 빨간 목도리는 미소를 지었다.

K가 더 이상 입을 열지 않자, 빨간 목도리는 불과 5분도 되지 않아 잠에 빠져들었다.

집을 나왔다면, 잠자리가 필요했을 터, K는 덤터기를 쓴 기분이었다. 졸지에 가출 청소년 하나를 떠맡게 되는 건가? 살다 살다 별일을 다 겪는구나, 싶었다.

K는 한참 동안 녀석의 잠든 모습을 지켜보았다. 허여멀쑥한 얼굴, 원체 핏기가 없어서 왼쪽 뺨에 푸른 핏줄이 보였다. 문득 녀석의 얼굴을 쓰다듬어 주고 싶다는 생각이 들었다. 오래전에 엄마가 그랬듯이……. 하지만 K는 자기가 한 생각에 흠칫 놀라 뒤로 조금 물러나 앉았다.

그때, 언뜻 가방에 눈길이 갔다.

K는 빨간 목도리의 얼굴 위로 손을 휘휘 저어 보았다. 녀석은 아무런 반응이 없었다. K는 소리 나지 않게 조심스레 가방을 뒤졌다.

놈의 가방 속에 든 것은, 스무 알쯤 되는 흰색 알약이 들어 있는 지퍼백, '떠나고 싶어!' '세상은 내 편이 아니었다.' 따위의 낙서가 적힌 공책, 그리고 그 안에 끼워져 있던, 밀봉 안 된 네 통의 편지가 전부였다. 가방을 거꾸로 들고 털어도 그것밖에 나오지 않았다.

K는 편지를 집어 들었다. 같은 모양, 같은 크기, 같은 색의 규격 봉투들. 낡고 오래된 흔적이 역력했다. 귀퉁이가 닳아 있었고, 수신인을 쓰는 곳에 지웠다가 쓴 흔적도 보였다. 그리고 똑같은 이름의 발신자, 3호!

'그렇다면 빨간 목도리, 네가 3호라는 뜻……?'

수신자는 모두 달랐다. 개새, 빙닭, 거지독사, 부반장년. 틀림없이 누군가의 별명일 터. 주소도 없는 이 편지들을, 빨간 목도리는 직접 전달하려 했던 것일까? K는 잠든 빨간 목도리를 힐끔 쳐다보았다. 입을 다문 채, 녀석은 낮게 숨소리를 내고 있었다. 그 나이라면 반드르르해야 할 얼굴이 가칫해 보였다.

K는 편지를 만지작거렸다. 그리고 몇 번이나 주저하다가, 첫 번째 편지를 열었다.

개새에게

잘 있어. 먼저 갈게. 이제 만날 일 없을 거야.
하지만 이것만은 기억해 둬. 어떻게든 네 곁에 머물면서 네 행동 하나하나를 지켜볼 거야. 그리고 어떤 식으로든 내가 당한 만큼 네게 돌려줄 거야. 그러니까 절대 날 잊으면 안 돼! 알았지?

3호가

두 번째 편지도 첫 이름만 빼고 똑같았다. 거지독사, 잘 있어. 먼저 갈게. 이제 만날 일 없을 거야. (…) 네 행동 하나하나를 지켜볼 거야. 그리고 어떤 식으로든 내가 당한 만큼 네게 돌려줄 거야. (…) 절대 날 잊으면 안 돼! 알았지? 3호가. 세 번째 편지와 네 번째 편지도 마찬가지였다.

'도대체 뭘 어쩌겠다는 거야?'

K는 편지를 내려놓고 벽에 기대앉았다. 허탈했다. 그러다가 곧 섬뜩해졌다.

'아무리 생각해도, 놈은 자신에 대한 정보를 철저히 차단하고 나에게 접근한 것이 틀림없다. 그렇지 않고서야, 어떻게 학생증은 고사하고 단 한 권밖에 없는 공책에 이름조차 쓰여 있지 않을까.'

K는 확신했다. 빨간 목도리, 아니 3호—그게 이름이든 별명이든 무슨 상관이란 말인가—는 보복을 하기 위해 철저히 준비한 것이라고. 『명탐정 코난』에 나오지 않나, 자신을 절대 노출시키지 않는 것, 그것이야말로 모든 범죄의 기본이라고. K는 멀찌감치 물러앉아 3호를 쳐다보았다. 그리고 물었다. "3호, 너는 누구냐?"

———————————

"으아, 으ㅎㅎㅎ!"

틀림없이 자기 목소리였다. K는 어금니를 물었다. 바짝 마른 입술에 힘을 주었다. 그래도 소리가 새어 나왔다. 입을 막아야겠다고 생각했다. 하지만 팔이 말을 듣지 않았다. 온몸이 축 늘어져서 꼼짝도 할 수 없었다.

"으홋으홋. 어으으윽! 그만, 그만둬! 그만……."

벽에 기댄 채 졸고 있던 K는 겨우 눈을 떴다. 얼결에 목을 더듬었다. 꿈결에서 그의 목을 조르던 빨간 목도리는 없었다. 다시 보니

3호의 머리맡에 가지런히 놓여 있었다.

불현듯 K는 방바닥을 주먹으로 내리쳤다. 지금 내가 뭘 하고 있는 거야! 생각할수록 화가 났다.

'차라리 그냥 119에 실어 보내는 게 나을 뻔했어. 뭐야, 이게?'

K는 벌떡 일어나 놈의 외투를 뒤졌다. 곧 외투 주머니에서 휴대폰을 찾아냈다. 스마트폰도 아니고, 검은색 폴더였다. 모서리가 닳고 액정에 실금이 가 있었다.

전화번호부부터 뒤졌다. 저장되어 있는 번호는 모두 일곱 개. 그중 네 개는 개새, 빙닭, 거지독사, 부반장년. 모두 편지의 수신인들이었다. K는 가슴이 서늘해졌다.

'이 자식, 정말 뭘 하려던 거야?'

더 이상한 건, 저장되어 있는 번호와 통화한 흔적이 없다는 것. 통화 내역에는 저장되지 않은 번호와 통화한 내역만 남아 있었다. K는, '엄마'로 저장된 번호를 눌렀다.

'별수 없지 않나? 녀석의 부모에게 데려가라고 하는 수밖에.'

하지만 열댓 번 넘게 신호가 갔는데도 저편에서는 전화를 받지 않았다. K는 전화를 끊었다가 다시 한 번 걸었다. 그래도 마찬가지였다. K는 머리를 쥐어뜯었다. 자꾸만 나쁜 일에 덧걸리는 기분이었다.

이번에는 휴대폰의 메시지를 확인해 봤다. 저장된 발신 메시지는 모두 네 개. 모두 휴대폰에 저장된 번호로 보낸 메시지였다. 역시나 내용은 모두 똑같았다.

잘 있어. 먼저 갈게. 이제 만날 일 없을 거야.

하지만 이것만은 기억해 둬. 어떻게든 네 곁에 머물면서 네 행동 하나하나를

지켜볼 거야. 그리고 어떤 식으로든 내가 당한 만큼 네게 돌려줄 거야. 그러

니까 절대 날 잊으면 안 돼! 알았지?

수신 메시지함에 저장된, 그에 대한 답신 내용은 두 개뿐.

가장 먼저 도착한 답신.

……? 누규?

두 번째 답신.

메시지 잘못 보내신 것 같네요.

그리고 광고 메시지 하나.

큭큭.

K는 헛웃음이 나왔다. 어떻게든 상대에 대해 알아내려고 하는

자신과, 조금의 빈틈조차 허용하지 않는 3호. 그래서 도무지 이길

수 없는 게임. 하지만 그럴수록 K는 오기가 생겼다.

K는 보낸 메시지를 하나씩 열고 시간을 확인했다. 1월 13일 오후 11시 38분, 39분, 41분, 43분. 3호가 정육점 앞에 앉아 있을 무렵, 그리고 K가 방 안에서 창문 너머로 녀석을 힐끔거리고 있던, 바로 그 시간.

왜 하필 그 시간일까. 의식을 잃어 가면서, 더구나 편지와 같은 내용을 꼭 문자로 보내야 했을까. 그리고 이건 또 무슨 해괴한 조화일까? 지금 시간이 고작 2시 21분이라니? 3호가 정육점 앞에 쓰러져 있는 동안 방에서 서성거린 시간이 얼마인데. 게다가 녀석을 끌고 들어와서 지금까지도 시간이 꽤 흐른 것 같은데.

머리가 아팠다. K는 벽시계를 쳐다보았다. 2시 25분.

하지만 시간이 문제가 아니었다. 시선이 다시 3호에게로 돌아가자, K의 머릿속은 곧바로 일주일 전부터 조금 전까지의 기억들로 뒤섞였고, 동시에 온갖 상상들이 우후죽순 자라났다. 그런데 유독 얼토당토않은 상상 중 하나가, 다른 것들보다 불길하고 섬뜩한 하나의 예감이, 비수처럼 K의 의식의 한가운데에 와서 박혔다.

'유서……?'

짐작대로라면, 이건 녀석이 친구들 네 명에게 보내는 마지막 편지였다. K는 제풀에 놀라 뒤로 물러앉았다. 멀찌감치 앉아서 3호를 쳐다보았다.

"왜 하필이면……."

K는 자기도 모르게 중얼거렸다. 겁이 났다. 몹쓸 상상이 꼬리에

꼬리를 물었다.

'알약!'

불현듯 K는 가방 옆에 놓아 둔, 알약이 든 지퍼백을 집어 들었다. 그럼, 이건 수면제나 뭐, 그런 약? 아아!

이러고 있을 때가 아니었다.

"야! 일어나!"

K는 3호의 팔을 잡고 흔들었다. 빨리 녀석을 내보내야 한다는 생각밖에는 없었다. 만약 녀석이 여기서 약이라도 먹는다면? 그럼 정말로 끔찍한 일에 휘말릴지도 모른다!

K는 다시 3호의 팔을 잡아당겼다. 그때, 옷소매 사이로 손목의 흉터가 보였다. K는 식겁했고, 얼결에 손을 놓고 말았다.

'이, 이것 봐. 이놈, 손목을 그었던 거야. 죽으려던 게 이번이 처음이 아닌 거야!'

목덜미가 서늘해졌다. K는 다시 3호의 늘어진 몸을 흔들었다.

"일어나! 어서 일어나라고!"

———————————

"여기가 어딘지 알겠니? 내가 누군지도 알겠고?"

"네!"

"좋아. 그런데 이게 뭐지? 네 가방에서 나온 거야. 이 편지들 말이야."

"아무것도 아니에요."

3호는 K를 외면한 채 그렇게 말했다.

"아무것도 아니라고? 그런 것 같지 않아서 묻는 거야. 왜 이런 편지를 쓴 거니? 너 혹시 자살이라도 하려고 했던 거야? 그래?"

이거야말로 이른바, 돌직구다! 이런 경우에는 차라리 그편이 낫다고, K는 생각했다.

"······."

"역시 그랬던 거야?"

대답이 없는 걸 보니 틀림없었다.

"그놈들 때문이지? 골목에서 네 바지 뺏고 목 조르던 놈들. 너 혹시 늘 그렇게 당했던 거니?"

"······."

"좋아! 그건 더 이상 묻지 않을게. 말하지 않아도 돼. 짐작이 가. 나도 그랬으니까. 하지만 그런다고 죽어?"

K의 말에 3호가 고개를 돌렸다. 그는 작심하고 말했다.

"······아마도 넌, 너를 괴롭힌 아이들이 평생토록 너의 죽음에 대해서 죄책감을 갖고 살아가게 하려는 거겠지. 미안하지만 너무 진부하다는 생각 안 드니? 절대 잊으면 안 된다고? 아니! 너란 존재는 단 일주일이면 걔들 머릿속에서 잊힐걸? 그리고 그 애들은 너를 대신할 아이를 또······."

K는 말을 쏟아 놓다가 멈추었다. 그건 오래전, 학교 옥상 난간

에 올라섰을 때, 담임이 했던 말이었다. 누구나 할 수 있는 말. 그래서 더더욱 담임을 믿을 수 없었다. 그런데 그와 똑같은 말을 하고 있다니. K는 헛웃음이 나오려는 걸 억지로 참았다.

그런데 불현듯 3호가 되받아쳤다.

"죽지 않아요. 안 죽는다고요. 살고 싶어서 이러는 거예요. 그리고 아저씨도 내가 죽는 거 원치 않으시잖아요."

K는 당혹스러웠다.

"내가……? 그, 그렇긴 하지. 그럼, 그 팔목에 난 상처는 뭐야?"

"……."

"대답하기 싫으면 안 해도 돼."

"그런 거 아니에요."

"아니긴 뭐가 아니야, 딱 보면……. 아무튼 내가 하고 싶은 말은, 이런 일은 아무도 도와줄 사람이 없다는 거야. 네가 스스로 해결해야 된다는 뜻이기도 해."

"그건 알고 있어요. 아저씨도 도와주지 않았잖아요. 아저씨는 내가 무슨 일을 당했는지 아세요?"

K는 숨이 탁 막혔다. 그제야 잘못 말했다는 걸 깨달았다.

시간을 두고 숨을 고른 뒤, K는 다시 물었다.

"그래, 그건 내가 미안해. 알았어. 그럼 이제 말해 봐. 왜 여길 찾아왔는지……. 응?"

"알잖아요."

"내가 뭘? 난 아무것도 몰라. 도대체 왜 날 찾아온 거지? 일주일 내내 책방에 와서 서성거린 이유가 뭐야?"

"정말 몰라요?"

3호의 표정은 마치 어이없네요, 하는 듯한 표정이었다.

"몰라."

"그럼, 곧 알게 될 거예요."

"뭘……? 아, 그러니까 너를 도와주지 않아서? 그럼, 내 생각이 맞네. 도와 달라는데 모른 척했으니, 그게 섭섭했던 거고, 그래서 나한테 해코지라도 할 생각이었겠지. 말해 봐. 나를 어떻게 할 생각이었니? 짐작한 대로 나한테 복수라도 할 참이었구나?"

"아뇨. 그런 거 아니에요."

숨도 안 쉬고 말했는데, 3호는 간단히 고개를 저었다.

"솔직히 어른으로서 잘못한 건 맞지만, 그렇다고 네가 나한테 이럴 권리는 없는 거야."

"아니요, 있어요."

이번에도 3호는 단정적으로 말했다.

"이럴 권리가 있다고? 어째서? 그날 도와주지 않아서? 그게 그렇게 죽을죄야? 미안하다고 했잖아. 도대체 몇 번을 미안하다고 말해야 해?"

"그런 게 아니라……."

"아냐, 됐어. 이제 그만 돌아가. 알았어? 이제 그만하자고."

이번에는 K가 분명한 목소리로 말했다. 그리고 돌아누웠다.

K는 3호가 덮었던 이불을 끌어당겨 머리 위까지 뒤집어썼다. 그는 진심으로 이런 일에 말려들고 싶지 않았다. 솔직히 3호가 나타난 것 자체가 기분 나빴다. 많고 많은 애들 중에 왜 하필이면 나처럼 맞고 다니는 녀석일까? 녀석과 자꾸 섞이다 보면 기억 속의 상처가 틀림없이 덧날 텐데……. 그리고 좀 우습지 않은가? 중학생 아이와 이 무슨 시답지 않은 말싸움이란 말인가!

'그래! 하룻밤 악몽을 꾸었다고 생각하자. 내일이면 녀석은 돌아갈 테니까.'

K는 눈을 감았다. 하지만 쉽사리 잠이 오지 않았다. 오히려 눈을 뜨고 있을 때보다 귀가 더 밝아져서 녀석이 부스럭거리는 소리가 더 또렷하게 들렸다. 가방 지퍼를 닫는 소리, 일어나서 옷 입는 소리……. 그런 소리를 듣고 있자니, 마음이 편치 않았다. 갈 곳도 없는 녀석을, 그것도 새벽에 거리로 내몬다는 건 도저히 어른이 할 짓이 아니란 생각이 들었다. 결국 K는, 이불을 턱 밑으로 내리고 생각지도 않은 말을 꺼내고 말았다.

"솔직히 그럴 용기는 있는 거니?"

부스럭거리던 소리가 잦아들었다.

"나는 그러지 못했어. 열 번도 넘게 너랑 똑같은 생각을 했는데, 끝내 용기를 못 냈어."

3호는 대꾸하지 않았다. 낮은 숨소리만 들릴 뿐이었다.

"네가 무슨 일을 당했는지 아느냐고? 그 애들한테 날마다 맞고 돈을 갖다 바쳤겠지. 그리고 또? 그날 바지 뺏겼지? 나도 그랬어. 바지는 물론이고, 신발이랑 파카랑……. 걔들한테 이유가 어디 있어? 계집애처럼 생겨서? 여자애들처럼 인형 좋아하고, 순정만화 그리는 거 좋아해서? 이유야 갖다 붙이면 그만이지."

"……."

"놈들은 심심했을 거야. 아니면 공부 말고는 아무것도 할 수 없는 학교가 지긋지긋했겠지. 그렇지만 걔들만 그런 거 아니잖아?"

아! 어금니를 물고 주먹을 수백 번도 더 쥐어 가면서 애써 묻어 둔 기억들인데, 그걸 이토록 쉽게 꺼내다니!

K는 입술을 씹었다. 그러면서도 자신의 말을 끊지는 못했다.

"그 애들은 급식으로 사과나 귤 같은 과일이 나오면 그걸 입에 물고 있게 했어. 그리고 수건으로 내 눈을 가리고, 샤프나 연필을 던져서 다트 게임을 했어. 걔들이 던진 볼펜이나 샤프 열 개 중 일곱 개는 내 얼굴에 와서 맞았지. 어떤 상처는 피만 조금 나고 말았지만, 어떤 상처는 아주 아팠어. 잉크가 배어들어서 점처럼 변한 곳도 있고……."

거기까지 말하고, K는 손으로 얼굴을 쓰다듬었다. 얼굴이 따끔거리는 듯한 기분이었다.

시간이 꽤 지나서야 K는 말을 멈추었다. 그리고 휘파람 불듯 길게 숨을 내쉬었다. 최근에 누군가와 이렇게 오래 이야기를 나누어 본 건 처음이었다.

K는 이불을 걷어 냈다. 그리고 고개를 들었다. 3호는 문 앞에 웅크리고 앉아 있었다. 정말로 가려고 그랬는지 가방까지 메고, 빨간 목도리를 목에 칭칭 감고 있었다.

"너도 그랬니? 나처럼?"

3호는 K를 빤히 쳐다보았다. 눈망울이 촉촉해져 있었다. 고개를 끄덕인 건지, 녀석이 잠시 머리를 숙였다가 들었다.

오래도록 K와 3호는 서로의 숨소리만 듣고 있었다. K는 부옇게 지고 있는 창에 시선을 둔 채, 3호는 무릎을 꿇은 채 앉아서 문손잡이를 붙잡은 채.

창이 조금 더 희뿌옇게 변했을 때, K가 말했다.

"컵라면이라도 먹을래?"

문득 그런 말을 꺼낸 건, 순전히 배가 고파서였다. 묻고 나서 돌아보자, 3호가 씩 웃고 있었다.

K는 몸을 일으켜 세웠다. 이불을 옆으로 밀어내고 일어났다. 가스레인지 위에 주전자를 올려놓았다. 싱크대 위 찬장에서 컵라면을 두 개 꺼낸 다음, 비닐을 뜯어냈다.

"이리 와서 앉아."

3호는 외투를 다시 벗어 걸어 놓고, 의자에 앉았다. K는 갑자기

웃음이 났다.

"큭큭! 웃기지? 너나 나나 말이야."

K는 끓는 물을 컵라면에 부었다. 그리고 라면이 불기를 기다렸다. 손으로 컵라면 그릇을 감싸 쥐고 만지작거리면서.

마음이 좀 느즈러졌다. 3호도 그런 듯했다.

"다 익었을 거야."

얼추 시간이 지난 뒤에, K는 뚜껑을 열었다. 그리고 뭉쳐 있던 라면 덩어리를 풀어 헤쳤다. 그때, 불현듯 풀어진 라면 면발 끝에 매달려 오래전 기억의 한 자락이 딸려 올라왔다. K는 자기도 모르게 인상을 찌푸렸다. 그걸 보았는지 3호가 몸을 옹송그렸다.

"아, 아니야. 너 때문이 아니고……."

K는 견고하게 뭉쳐 있던 기억을 라면 국물에 풀어 버리고 화제를 바꾸었다.

"그래! 그럴 때는 기분이 어땠니? 애들한테 맞고 돈 뺏기고 그럴 때 말이야. 아, 죽고 싶었겠지. 나도 그랬어. 그럴 때마다 종종 이런 상상을 했어. 갑자기 힘이 세져서 그 새끼들 뒤통수라도 한 대 후려갈기는 거야. 푸핫! 어때 괜찮은 생각이지? 가령 투명 망토 같은 게 있다면, 그걸 뒤집어쓰고 당장이라도……."

3호의 얼굴이 환해졌다. 두 눈이 날카롭게 번득였다.

"바로 그거예요!"

"뭐?"

"해주세요! 제발!"

"뭐, 뭘? 그 애들 뒤통수……. 지금 진심으로 말하는 거야? 그게 가능……할까? 그건, 좀 아니야. 가만, 그놈들이라면 몰라도 너를 괴롭힌 녀석들을 내가……."

그러자 3호가 고개를 끄덕였다.

"워, 원하는 게 그거였어?"

"걔들도 알아야죠. 아무런 이유 없이 누군가에게 맞는 게 어떤 건지."

그러더니 3호는 씩 웃었다. 이어 주먹을 높이 들었다. 얼결에 K는 주먹을 쥐고 녀석의 주먹과 맞부딪쳤다.

4

날아라 저팔계

바람이 불어와 옷 속을 파고들었다. 파카의 지퍼를 끝까지 올렸지만, 한기는 여전했다.

"네 별명은 왜 3호지?"

K는 아직 한산한 만점학원 입구를 쳐다보면서 물었다. 3호는 대답하지 않았다. K의 질문을 못 들은 건지 학원 입구만 뚫어져라 쳐다보고 있었다. K도 그렇게 묻기는 했지만 별명의 의미 같은 건 그다지 중요하지 않다고 생각했다. 어차피 이 일이 끝나면 곧 떠날 녀석이니까.

"내 별명은 캔디였어. 만화 '캔디'의 주인공 말이야. 솔직히 누가 그런 별명을 처음 갖다 붙였는지는 기억나지 않아. 내가 누나들이 읽던 '캔디'를 보고 눈물을 흘린 건 사실이야. 그걸 보고 그림도 따라 그리고, 그 그림들을 항상 가지고 다닌 것도 사실이고. 그런데 그게 뭐?"

말해 놓고 보니 좀 우습다는 생각이 들었다. 정신과 의사 앞에서도 하지 못한 이야기를 중학생 아이한테 하고 있다니. 이상하게도, 좀 멋쩍긴 했지만 이런 이야기들이 지금까지처럼 불편하지는 않았다. 물론 이 기분이 언제 어떻게 변할지는 알 수 없는 일이지만. 이를테면 동병상련? 이심전심? 뭐, 그런 감정들 때문일까?

그래서 K는 부끄러운 줄도 모르고 또 말을 이었다.

"아이들이 쑥덕거리더라. '넌 하는 짓도 천생 여자잖아. 인형 좋아하고, 놀랄 때도 어머, 이러고.' '만날 순정만화만 보고, 그걸 또 예쁘게 잘도 그리지.' '참, 우리 학교로 전학 오기 전에 고추 수술 받았다는 이야기도 있던데, 사실이야?' '맞다! 그래서 일 년 휴학했다며? 거, 뭐라 하지? 트렌지스터인가 뭔가 말이야.' '트렌스젠더겠지, 하악!' 뭐, 그런 이야기들. 그때, 아이들은 내가 지독한 아토피 때문에 휴학을 하고 시골에 내려가 일 년이나 치료를 받았다는 말을 결코 믿어 주지 않더라. 아직도 툭하면 도지는데……. 긁고 또 긁어서 핏물이 줄줄 흘러내리던 사타구니라도 보여 줄 걸 그랬나?"

"……."

"그래서 네가 처음 책방에 와서 '캔디'를 보고 있을 때, 내가 기겁을 했던 거야."

한번 열린 입은 좀처럼 닫히지 않았다. 닫히기는커녕 그런 중에 저팔계까지 기억의 틈새로 끼어들었다.

"맞다. 저팔계! 그놈은 내 별명을 어떻게 알았을까? 내가 이리로 이사 오던 첫날이었는데……. 내가 정말 캔디처럼 생겼니? 네가 봐도 그래? 그때는 정말 놈의 목을 조르고 싶더라……. 어? 왜?"

3호가 손을 들어 학원 입구를 가리켰다. 아이들이 쏟아져 나오고 있었다. K는 안경을 고쳐 쓰고, 시선을 집중했다.

아이들이 썰물처럼 빠져나갔다. 개새는 그 썰물의 끝 무렵에 얼굴을 드러냈다.

"자식, 파카 좋은 것도 입었네. 혹시 저 파카도 네 거 뺏어 입은 거 아니야?"

옆에 바싹 붙어 있던 3호가 고개를 끄덕였다.

"오늘은 놓치지 말자."

K는 3호에게, 그리고 자신에게 다짐을 두었다. 추위 때문인지, 아니면 긴장감 때문인지, 파카를 입었는데도 몸이 떨렸다.

개새는 여전히 그 자리였다. 짙은 녹색 파카, 주황색 바지. 한껏 멋을 부린 차림이었다. 하지만 K의 눈에는 영락없는 홍당무처럼 보였다. 누구를 기다리는 건지, 아니면 막 흩날리기 시작한 싸락눈 때문인지, 놈은 5분이 넘도록 아이들 사이에 섞여 학원 문 앞을 서성거렸다.

시간이 얼마나 지났을까.

개새는 주머니를 뒤지더니 휴대폰을 꺼냈다. 놈은 전화기를 귀에 댄 채, 비로소 움직이기 시작했다.

개새는 학원 옆의 편의점을 지나 6호선 P역 쪽으로 걷기 시작했다. K는 3호의 손목을 붙잡은 채 재빨리 개새를 뒤따랐다.

"내 뒤에 바싹 붙어서 따라와! 겁먹지 말고!"

K는 옆으로 다가온 3호에게 말했다. 그리고 3호의 손을 더 꽉 쥐었다. 도망치지 못하도록.

화장품 가게 앞쯤에서 개새는 휴대폰을 다시 주머니에 넣고 빠르게 걸었다. K도 잰걸음을 놀렸다. 놈은 문구점과 약국, 휴대폰 매장, 은행 앞을 차례로 지났다. 공사를 하느라 천막으로 가려 놓은 건물 앞을 지날 때, 개새의 모습은 잠시 어둠 속에 파묻혔다.

첫날, 바로 여기서 개새를 놓쳤다. 개새의 모습이 사라져서 성급하게 어둠 속으로 뛰어들었는데, 놈이 갑자기 돌아섰다. K는 걸음을 멈춘 채 고개를 돌렸고, 3호는 아예 주저앉아 버렸다. 다행스럽게도 개새는 두 사람을 알아보지 못했다. 놈은 바쁜 일이라도 있는지 다시 학원 쪽으로 달려갔다. 등골이 오싹했다. 개새가 사라진 뒤에도 3호는 한동안 일어나지 못했다. 그날은 그래서 허탕이었다.

공사 건물을 지나자 빵집이 나타났다. 개새는 그 앞에 다시 모습을 드러냈다. 그러다 셔터를 내린 상점들 앞을 지나칠 때는 다시 실루엣만 남았다.

지나다니는 사람들도 줄어들었다. 멀리 6호선 P역의 입간판이 보였다. 7번 출구.

어제는 이쯤에서 3호가 걸음을 멈추었다. 두려움 가득한 표정으로. 뭐가 그리 무서운지 말해 보라고 해도 묵묵부답이었다. 녀석을 끌어당기는 사이에, 개새는 7번 출구 아래로 사라져 버리고 말았다.

오늘이 3일째였다. K는 3호의 손을 꽉 쥐고 다시 한 번 다짐을 주었다.

"다 왔어. 저 앞에 7번 출구 보이지? 오늘은 꼭 성공해야 해."

K는 손을 놓아 주었다. 손바닥에 땀이 흥건했다.

"천천히 따라와."

개새는 7번 출구 지붕 아래로 들어섰다. 놈은 잠시 서서 어깨 위에 쌓인 눈을 털었다. 그리고 가방을 고쳐 메고 계단을 내려가기 시작했다.

K는 직감으로 '지금이 기회'라는 것을 알아차렸다. P역의 7번 출구는 P역의 여러 출구들 중에서 사람들의 왕래가 가장 적었다. 계단도 길었으며, 오른쪽으로 휘어져 있었다. 한 대 후려치고 달아나기에 더없이 좋은 장소란 뜻이었다. K는 눈발을 헤치고 얼른 7번 출구 지붕 밑으로 들어섰다.

생각대로 앞쪽에는 개새 말고는 내려가는 사람도, 올라오는 사람도 없었다. 뒤쪽에는 3호뿐이었다. K는 성큼성큼 걸어서 개새 바로 뒤로 다가섰다. 그리고 손을 높이 올렸다.

아!

그때였다. 기척을 느꼈는지 개새가 고개를 돌렸다.

헉!

그 비명은 목구멍으로 넘어갔다. 하지만 이미 힘이 실린 손은 멈추지 않고 허공을 갈랐다. 아뿔싸! 애초에 뒤통수를 노린 손은, 놈이 돌아보는 바람에 뺨과 귀를 훑어 내렸다. 놈은 기겁을 하며 뒤로 물러났다. 그러느라 발을 헛디뎠고, 곧바로 중심을 잃고 넘어졌다.

"어어어억!"

놈은 계단 아래로 데굴데굴 굴러떨어졌다. 비명 소리에 뒷머리가 쭈뼛 섰다. K는 그 소리가 채 멎기도 전에 계단을 뛰어올랐다. 그리고 7번 출구 바깥으로 달려 나왔다.

"뛰어!"

K와 3호는 한없이 달렸다. 바람이 쌩쌩 소리를 내며 귓가를 스쳐 지나갔다. 싸락눈이 얼굴에 부딪혀 왔다. 뺨이 얼얼했다. 하지만 시원했다. 가슴을 짓누르고 있던 무언가가 쑥 빠져나가 버린 느낌. 그래서 K는 더 달렸다. 그림자처럼 묵묵히 걸어가는 사람들, 이파리 하나 달고 있지 않은 가로수, 어둠 속에 괴물처럼 버티고 선

건물들이 휙휙 지나쳐 갔다. 나와 3호만 살아 있는 것 같아, 라고 K는 생각했다.

숨이 턱까지 차올랐을 때쯤, K는 멈춰 서서 뒤를 돌아보았다.

"됐어. 이제 아무도 안 따라올 거야."

3호는 아예 주저앉아 숨을 몰아쉬었다. K는 녀석의 어깨를 토닥거려 주었다.

"어때? 기분이 좀 나아졌어? 틀림없이 개새 맞지?"

숨을 쉬느라 그런 건지, 그 말이 맞다는 뜻인지 3호는 고개를 두 번 까닥거렸다. 가로등 불빛은 흐렸지만, 녀석의 입가에는 분명 희미한 미소가 번져 있었다. 그걸 보자 K는 기분이 좋아졌다. K는 개새가 김진호를 닮은 것 같다, 라는 생각을 스스로에게 강요하고 있었는데, 그럴수록 3호가 아닌 자신의 복수를 했다는 착각이 들었고, 그런 큰일을 해낸 자신이 대견하기까지 했다. 오죽했으면 자기도 모르게, '잘했어!'라고 스스로를 다독였을까. 그가 3호만 할 때, 하루에 열 번까지 소시지빵 셔틀을 시키던, 입에 사과를 물리고 신나게 볼펜을 던져 대던, 일주일에 3만 원을 채워 가져다주지 않으면, 모자라는 만큼 천 원에 한 대씩, 손가락 끝을 30센티미터 자로 때리던 악당, 김진호! 그런 놈을 한방에 보냈다? 비로소 K는 방금 자신이 한 짓이 통어리적은 짓이 아님을 확신했다.

K는 3호를 향해 손을 들었다. 그러자 3호가 손을 맞잡았다. 하이파이브!

"헉헉! 대박! 아저씨, 짱 드셈!"

숨을 몰아쉬면서 3호가 말했다. 그때, 사람들이 힐끗거리면서 지나갔다. 하긴 털북숭이 남자와 창백한 얼굴을 한 중학생이 길바닥에 주저앉아 그러고 있으니 이상하게 보일 터였다. K는 멋쩍게 웃으며 일어났다.

"가자!"

3호가 따라 일어났다.

K는 빨리 걸었다. 책방의 네온 간판이 오늘따라 선명하게 보였다. 그때쯤, 큰길가에서 앰뷸런스 소리가 들려왔다. 오늘은 왠지 잠이 잘 올 것 같았다. K는 3호의 손을 꼭 잡고 부지런히 걸었다.

―――――――――

"아저씨, '너의 시선 끝에 내가 있다' 7권 있어요?"

환기를 하느라 책방 문을 열고 겨우 눈곱을 떨어내는데, 여고생이 하나 들어왔다.

"……어, 그거?"

책꽂이를 더듬었지만, 하필이면 7권만 없었다.

K는 컴퓨터를 켰다. 부팅이 되는 동안, 그는 맨손으로 얼굴을 문질러 잠을 쫓았다. 얼핏 고개를 들어 보니 이미 정오가 넘어 있었다. 새벽까지 3호와 수다를 떨었던 탓이었다.

……"야, 정말 영화의 한 장면 같지 않았니?" "와! 대박! 저는 놈

이 돌아서는 순간, 아저씨가 붙잡히는 줄 알고 간이 콩알만 해졌어요." "야아! 그럴 리가 있나? 내가 얼마나 잽싼데!" "맞아요. 정말 무슨 날다람쥐 같았어요." "그 자식, 이제 정신을 좀 차렸을까?" "쳇! 두고 봐야 알죠." "아무튼 우리의 첫 번째 작전은 대성공이야, 맞지?" "넵! 아저씨, 또 짱 드셈!"…….

그러다 보니 날이 새고 말았다. K는 3호와 나누었던 이야기를 떠올리면서 자기도 모르게 씩 웃었다.

하지만 K는 다음 순간 다시 인상을 찌푸렸다. 대여 기록을 보니, 하필이면 만화책을 빌려 간 사람이 저팔년이었다. 게다가 나흘이나 연체 중.

"그거, 오늘 꼭 봐야 해요?"

"네. 어제도 전화했고, 그제도 전화했잖아요."

그랬나? 끄응! 하는 수 없이 K는 자리에서 일어났다.

"그럼, 잠시만……."

K는 여고생을 잠시 세워 두고 정육점으로 건너갔다.

마침 저팔계는 삼겹살을 썰고 있었다. 40대 초반의 여자가 그 앞에서 지갑을 든 채 서성거리면서 수다를 떨고 있었다. 저팔계는 그런 여자를 향해 연신 고개를 끄덕여 댔다. K는 조심스럽게 끼어들었다.

"저기, 애가 만화책 한 권 가져가서 아직 안 가져왔는데……. 이틀 됐어. 지금, 손님이 기다리거든."

그러자 저팔계는 대뜸 가게 안쪽을 향해 소리를 질렀다. "야! 돼지 엄마야! 방에 만화책 있나 봐!"

저팔계는 그런 다음 앞에 서 있던 40대 여자에게 말했다.

"아무튼 자제분더러 골목길로 다니지 말라고 하세요. 좀 논다는 애들은 예나 지금이나 어둑한 골목길을 좋아하거든요. 꼭 둘이나 셋이 함께 다니라고 하시고요."

"그런다고 될 일이 아니에요. 셋인가 넷이 한꺼번에 덤벼들어서 바지까지 홀랑 벗겨 갔대요. 본 사람이 여럿이랍디다."

여자가 호들갑스럽게 말했다.

"그걸 보고도 어른들이 지나친단 말이에요?"

"그럼, 사장님은 도와줄 거예요? 애들 여럿이 죽자고 덤비면 어쩔 건데요."

"하긴, 그래서 저도 매일 우리 아이를 학교에 데려다 주고 데려오고 하잖아요."

"맞아요. 사장님은 따님이라 더 조심해야죠!"

K는 두 사람이 주거니 받거니 하는 말에 웃음을 터트릴 뻔했다. 저팔년을 도대체 누가 건드린다는 거야?

그런데 그때, 익숙한 장면 하나가 K의 머릿속을 스쳐 지나갔다.

빨간 목도리!

틀림없었다. 저팔계와 여자는 얼마 전 골목길에서 맞닥뜨렸던 빨간 목도리 이야기를 하고 있는 거였다. K는 확신했다. 가슴이 뛰었다. 그는 뒤로 슬그머니 한 걸음 물러났다.

"요즘 애들이 얼마나 무서운지 알아요? 오죽했으면 부모가 나서서 경찰에 신고하고, 학교를 발칵 뒤집어 놨겠어요. 맞은 애도 덩치가 컸대요. 그런데 여럿이 덤벼 대니 당해 내지 못한 거예요."

그때, K는 생각했다. '아닌데. 3호는 작고 왜소한 녀석인데.' 그러면서 고개를 갸웃거렸다.

"하긴 그래요. 저도 무서워서 벌벌 떨 거예요. 그런 아이들이 어떤 아이들인지 잘 알거든요."

저팔계는 고깃덩이를 까만 비밀봉지에 넣으며 고개를 끄덕였다. 네놈이 알긴 뭘 알아? K는 입속말로 시비를 걸었다.

"그러게요. 아무튼 이 동네가 요즘 왜 이렇게 흉흉한지 모르겠어요."

"왜요? 또 무슨 일 있었나요?"

저팔계가 눈을 동그랗게 뜨고 물었다.

"P역, 못 가보셨어요? 지금 오면서 보니까 플래카드 붙이고 있던데."

"플래카드요?"

"뭐라더라? 17일 밤에 웬 괴한이 나타나서 지하철 타려는 사람을 확 밀치고 도망을 갔다던가? 아주 크게 다쳤다던데. 범인 잡으면 현상금 준다고 쓰여 있어요."

"누가요? 누가 밀었대요?"

저팔계는 호기심 가득한 얼굴이었다.

"글쎄요. 그걸 알면……."

저팔계와 여자의 대화는 그쯤에서 잠시 끊어졌다. 저팔년이 만화책을 들고 나왔다. K는 만화책을 받아 들고 뒤로 물러나 나왔다.

만화책을 여고생에게 빌려 주고, K는 모자부터 찾아 썼다. 그리고 재빨리 책방을 나왔다. 대낮이라는 게 꺼림칙했지만, 확인하고 싶었다.

K는 부지런히 걸었다. 나중에는 뛰었다. 지하철역 입간판이 보일 즈음부터 모자를 깊이 눌러썼다. 그런 채로 고개를 약간 들었다. 비로소 K는 눈을 거들뜨고 7번 출구 담벼락에서 펄럭거리고 있는 플래카드를 쳐다보았다.

목격자를 찾습니다

1월 17일 밤 11시경, 이곳에서 신원을 알 수 없는 괴한이 피해자를 밀치고 달아났습니다. 현재 피해자는 다리가 부러지고 머리에 열두 바늘을 꿰매는 중상을 입었습니다. 가해자를 보신 분께서는 아래 연락처로 연락 주십시오. 사례하겠습니다.

연락처: 피해자 010-854X-88X3 / OO경찰서 02-3324-XX16

K는 잠시 숨을 멈추었다. 한마디로 꼭 집어서 말할 수 있을 만큼 기분이 명료하지는 않았다. '다리가 부러지고 머리에 열두 바

늘' 부분을 읽을 때는 미간이 좁혀졌고, 숨이 가쁘게 뛰었다. 'OO 경찰서'라는 단어를 읽을 때는 등줄기가 서늘해졌고, 이어 손끝이 찌릿찌릿했다. K는 자기도 모르게 입꼬리가 약간 올라갔는데, 얼른 입을 꾹 다물었다. 혹시라도 다른 사람이 쳐다보면 이상하게 생각할 수도 있으니까, 하면서.

다시 한 번 플래카드를 꼼꼼하게 읽은 후, K는 돌아섰다. 걸으면서 생각했다. 3호가 꽤 좋아할 것이라고. 그래서 그는 씩 웃고 돌아서서 다시 지하철역으로 갔다. 한 번 더, 조금 전보다 자세히 플래카드의 글을 읽고 돌아섰다.

이후에도 K는 두 번이나 더 같은 짓을 반복했다. 한두 번 더 볼 욕심이 났지만, '빨간 목도리가 돌아오면 함께 봐야지!' 하는 생각으로 겨우 몸을 돌렸다.

이상한 건, 책방이 가까워질수록 발걸음이 그다지 가볍지만은 않았다는 것. 물론 개새를 다치게 한 것에 대한 죄책감 때문은 아니었다. 아마 그 이유는 아닐 거였다. 틀림없이……!

'그나저나 이 녀석은 잠깐 나갔다가 온다더니, 왜 여태 안 보이지?'

K는 중얼거리면서 걸음을 재촉했다.

K는 책방 바로 앞에서 걸음을 멈추었다. 저팔계가 책방 안을 기웃거리고 있었던 것이다. K는 전봇대 뒤로 몸을 숨겼다.

'저 새끼가…….'

물론 저팔계가 그러고 있는 건 한두 번이 아니었다.

K는 잠시 기다렸다. 저팔계는 두리번거리더니 정육점으로 들어갔다. 그제야 K는 성큼성큼 걸어가서 번호키 홀더를 위로 들어 올렸다. 그때였다.

"캔디 형, 도대체 어딜 갔다가 온 거야?"

번호키를 누르는데 뒤에서 굵은 목소리가 덮쳐 왔다.

"우어어!"

K는 기겁을 했다. 몸을 움츠리고 돌아보니 저팔계가 햇빛을 가린 채 그를 내려다보고 있었다.

"왜 이렇게 놀라? 나쁜 짓 했어? 요즘 좀 수상해!"

저팔계가 눈을 가늘게 떴다.

"뭐, 뭐가?"

"그냥 그렇다는 거지! 그나저나 이것 봐. 책 반납하려는 사람들이 전부 우리 집에 맡겨 놓고 갔다고! 무인 반납기를 좀 고쳐 놓든가."

그러고 보니 저팔계가 만화책을 열댓 권쯤 들고 있었다. K는 책방 문을 열고 책을 받아 들었다.

"에휴! 우리 캔디 형은 나 없으면 장사 어떻게 하려고……."

저팔계가 중얼거리며 따라 들어왔다. K는 어이가 없어서 혼자 피식 웃었다. 저팔계가 건네준 책을 테이블 위에 올려놓고, 컴퓨터를 켰다.

"근데, 형. 요즘 취향이 좀 바뀌었나 보네?"

저팔계는 소파에 털썩 주저앉더니 또 한마디 툭 던졌다.

"뭐……?"

"형이 요즘 신간이라고 들여놓는 책들, 죄다 공포만화잖아. 혓바닥에서 벌레 나오고, 몸이 쪼개지고 갈라지고, 아니면 복수한답시고 칼 휘두르는, 뭐 그런 거. 아, 맞다. 지난번에는 '공포박물관'인지 뭔지 하는 거 시리즈 열 권을 한 번에 들여놨더라? 한여름도 아니고, 그런 게 재미있어?"

시퉁머리 터진 자식. 네가 그런 걸 왜 참견해? K는 인상을 찌푸렸다. 물론 이번에도 얼른 고개를 돌렸지만. 그런 채로 대꾸했다.

"아니, 난 그냥 아이들이……."

"아이들은 무슨! 얼마 전까지만 해도 전부 순정만화만 들여놨잖아. 이제 정말 누나에서 형이 되는 거야? 킥킥!"

'누나'라는 말이 목을 죄었다. 저팔계는 음흉하게 웃으며 K를 쳐다보았다.

너는 얼굴에 수염 난 누나 본 적 있냐? 『빨간 마스크』에 나오는 아줌마 데려다가 저놈의 입에 지퍼를 달든지 해야지! 그리고 내가 뭘 보든 네가 무슨 상관이야? 그런 말들이 목구멍까지 넘어왔지만, K는 꿀꺽 삼켜 버렸다.

"아무튼 나쁜 현상은 아니야. 누나보단 형이 낫지. 안 그래?"

저팔계는 능글맞게 웃으며 너스레를 떨었다. 저팔계는 그와 겨우 한 살 차이인데도 눈가의 주름이 지렁이처럼 굵었다. 눈썹은 유난히 짙어서, 확 뽑아 버리고 싶은 충동이 들었다.

K는 대꾸하지 않았다. 니 마음대로 생각해, 라고 말했다. 물론 머릿속으로만.

저팔계의 말이 틀린 건 아니었다. K는 순정만화를 좋아했다. 어릴 때 누나들 틈에서 캔디에 빠져든 이후로 쭉!

그런데 정말 언제부터 공포만화가 눈에 들어왔을까? 이토 준지의 만화부터, 때로는 심의를 통과하느라 모자이크 처리된 잔인한 장면이 그득 담긴 만화들까지. 그런 만화를 보면서 김진호를 떠올리고, 저팔계를 생각했던 것일까?

"나 이것 좀 가져가서 볼게."

책방 안을 휘둘러보던 저팔계는 성인만화 책장에서 완결된 여섯 권짜리 만화를 통째로 빼냈다.

"돈은……?"

"캔디 형. 내가 만화책 받아 줬잖아. 그리고 이거, 봤던 거야!"

그러더니 저팔계는 만화책을 들고 나갔다.

그리고 잠시 후, 다시 문이 열렸다. 저팔계 놈이 고개만 빼꼼 들이밀었다.

"참! 캔디 형, 내일 저녁때 우리 여기서 맥주나 한잔 할까? 모레도 괜찮고. 어때? 내가 야동 CD 구해 놨거든. 흐흐. 완전 대박이야! 쩔어!"

저팔계는 엄지손가락까지 들어 보였다. 아, 추잡한 새끼. 하지만
K는 싫다, 라고 말하지 못했다. 저팔계가 그러고서 바로 문을 닫은
탓도 있었지만, 싫다고 해봐야 소용없다는 것을 알기 때문이었다.
억지로 달아난다면 모를까.

———————

저팔계와의 악연은 책방을 인수하여 이사를 오던 날부터 시작
되었다.

처음부터 놈은 작정을 한 듯했다. 이삿짐을 풀어 놓을 때부터
책방을 기웃거리더니 기회를 잡아 득달같이 달려들었다.

"아! 이 책방 인수하시는 분이구나. 어이쿠! 제가 좀 들어 드릴
게요. 어? 그런데 어디서 본 것 같은……? 아닌가?"

어디서 개드립이야! 모른 체함으로써 철저히 무시했지만, 놈은
연신 K를 힐끔거리며 자꾸만 말을 시키려 했다. K는, '네' '아니오'
로 일관했는데, 그럼에도 불구하고 저팔계는 텔레비전과 이불, 그
리고 살림살이를 번쩍번쩍 들어 K의 방까지 옮겨 놓았다. 책방을
거쳐 뒷문으로 나가, 다시 2층으로 올라가야 하는 험난한 길(!)을
싫은 내색도 하지 않고 수십 번이나 왕복했던 것이다.

"아휴! 친절도 하셔라! 우리 애가 좋은 이웃을 만나 안심이 되
네요." K의 엄마가 그렇게 칭찬할 만했다.

"헤헤. 돕고 살아야죠. 저는 요 앞에서 정육점을 운영하고 있습니다."

"저런! 우리 애가 어릴 때부터 친구도 없고, 부족한 게 참 많아요. 잘 좀 부탁드릴게요. 그리고 말이 나왔으니 말이지만, 성격은 또 얼마나 소심한지 몰라요. 그래서 아직도 장가를 못 갔다우."

저팔계는 신이 나서 말을 받았다.

"걱정 마세요. 제가 거들게요. 그런데 몇 살쯤……? 저랑 비슷하신 것 같기도 하고……." 그때 K는 마흔두 살이라고 대답했다. 그러자 놈은, "와! 저보다 한 살 많으시네. 그래도 무척 동안이시네요. 제가 잘 따르겠습니다." 했다. 얼결에 손을 마주 잡긴 했지만, K는 놈의 오지랖이 영 달갑지 않았다. 놈은 한 술 더 떠서 두 근쯤 되는 삼겹살을 가져와 이사 선물이라고 너스레를 떨었다.

그때부터 K는 놈이 마땅찮았다. 책방으로 이사하면서 내심 그 누구와도 마주치는 일 없이 틀어박혀 지낼 참이었다. 있는 듯 없는 듯. 책 빌려 주는 일이야 바코드만 찍으면 되니까 손님과 1분 이상 마주할 일도 없고, 말을 섞을 필요는 더더욱 없을 거라고 생각했다. 그래서 엄마의 반대를 무릅쓰고 책방을 하겠다고 나선 것이었다. 그런데 첫날부터 놈이 책방 안을 들쑤시고 다녔으니.

그뿐이 아니었다. 이삿짐을 얼추 내린 다음에는 정육점 옆 만물상 주인까지 끌고 와서, "요 옆에서 장사하는 동생이에요." 했다. 그러고는 만물상 주인에게 말했다. "너도 형한테 잘해."

그게 끝이 아니었다. 놈은 해 질 무렵 단 한 군데도 모난 곳 없이 동글동글한 여자애를 굴리며 들어와 묻지도 않은 얘기를 했다. "책방 형님, 내 딸이에요. 통통하죠? 초등학교 5학년인데 워낙 잘 먹어야죠." K는 속으로 비웃었다. 그게 통통한 거면, 나는 나무젓가락이냐? 그러는 사이 여자애는 사탕 녹은 물이 묻은 손으로 만화책을 하나씩 뺐다 넣었다, 하는 행동을 반복했다. K는 인상을 찌푸렸다.

"참! 캔디 형님. 이따가 저녁때 소주나 한잔 합시다. 집들이 삼아서 말이야." 일순간 숨이 탁 막혔다. 놈의 한 마디가 날카로운 비수가 되어 목을 찔렀다. 그 고통이 파문처럼 온몸으로 퍼져 나갔다. 다리가 휘청거렸다.

캔.디.

20년이 넘도록 잊고 있던 중학교 때의 별명을 아무렇지 않게 내뱉다니. 맞다. K는 한순간에 '멘붕'—이 단어가 그토록 실감나기는 처음이었다—이 됐다. 그래서 놈의 뒷말은 웅얼거림으로밖에 들리지 않았다. K는 얼결에 고개를 끄덕이기만 했다.

한참 뒤에야 K는 떠듬떠듬 되물었다.

"캔, 디……?"

"아……! 내가 캔디라고 했나? 왜, 그랬지? 허허!"

K가 정색을 하고 되묻자 저팔계도 당황한 듯했다. 그러나 곧 아무 일도 없었다는 듯 너스레를 떨었다.

"아니, 뭐⋯⋯. 곱슬머리도 그렇지만 얼굴에 난 주근깨며, 흡사 한데요. 눈도 여자아이처럼 크고! 헤헤. 이거 누나라고 해야 하는 거 아닌지 몰라!" 순간, K는 구역질을 할 뻔했다. 놈의 먹살을 부여 잡고 싶은 충동이 일었다. 20년이 넘도록 가둬 둔 기억들이 꾸역꾸 역 되살아났다.

"개가 날 닮아서 곱상해서 그래요. 남자애치고 말이우. 나이가 마흔이 넘었는데도 아직도 저러니, 원! 요즘은 여자들이 예쁜 남 자를 좋아한다는데 어찌 된 영문인지 우리 애는⋯⋯." 엄마가 그 런 말로 끼어들지 않았다면, 그는 정말로 저팔계한테 달려들었을 지도 모른다. K는 한참 동안 그 자리에서 다리를 부르르 떨며 서 있었다.

(맞다. 20년도 더 된 일을 기억해 낸 건, 애초에 3호 탓이 아닐지도 모 른다. 잘 아물지도 않는 상처를 더 부르터나게 한 것은, 사실 저팔계였다. 3호를 책방으로 끌어들인 것도!)

첫날 밤부터 K는 저팔계의 셔틀에 시달렸다. 축하를 해준답시 고 정육점 앞에 파라솔을 펴놓고 삼겹살을 구워 먹다가 술이 바닥 났을 때였다. 저팔계는 주저하지 않고 말했다. "형, 술 떨어졌다. 저 아래 편의점에 가서 술 좀 사 와. 아, 그리고 저 큰길 사거리에 가면 포장마차에서 어묵 팔잖아. 그것도 좀 사 올래? 뜨뜻한 국물이 마 시고 싶어서 말이야. 아, 참! 형, 담배도!" 물론 돈은 내놓지도 않고 서. 놈의 셔틀은 그렇게 시작되었다.

저팔계는 머리가 아프다며 두통약을 사다 달라고 했으며, 서점 나가는 김에 저팔년의 참고서도 사 오라고 했다. 함께 피자를 먹자며, 이마트 것이 싸니까 거기까지 갔다가 오란 적도 있었다. '형이 나갈 일이 있으면!'이라는 단서를 붙였지만, 그건 아무 의미도 없는 수식어에 불과했다. 정육점에 고기가 들어오는 날은, "형! 냉동차 왔어. 고기 좀 날라 줘!" 했다. 그러면 K는 두말 없이 달려가 돌보다 딱딱하게 굳은 고기 박스를 두 개, 세 개씩 짊어지고 정육점 안으로 옮겨야 했다. 혹시라도 바쁘다는 핑계를 대면, "파리만 날리는 책방에서 뭐가 바쁘냐?"라면서 으박질렀다. 지난달, 첫눈 오던 날에는 자기 집 앞의 눈도 쓸어 달라고 했다. 놈의 셔틀은 한도 끝도 없었다. 그런 날은, 열 번 중 일곱 번쯤은 어김없이, 잠자리에서 중학교 3학년 때로 되돌아가는 악몽에 시달리곤 했다.

하지만 그보다 더 나쁜 일은, 그런 일이 반복되면서, 중학교 때의 기억들이 차례로 되살아났다는 것. 그 때문에 K는 몸서리를 쳐야 했다.

골목길에서 빨간 목도리와 맞닥뜨리던 날, K가 책방에서 나와 쏘다녔던 것도 놈의 술 셔틀을 피하기 위해서였다. 요즘 들어 저팔계가 자주 그를 술자리로 끌어들이고 있었다. 게다가 '파리만 날린다'는 이유로 꼭 책방에서 술을 마셨다. 전날도 그랬고, 전전날도 그랬다. 그래서, 그걸 피하려고 일부러 밖으로 나다니기 시작했고, 그러다 3호를 만났다. 놈이 요즘 연애라도 하느냐고 지껄인 건 그 때문일 터였다.

────────────────

"에라! 이 나쁜 놈!"

K는 생각을 거두고 저팔계가 나간 문에 대고 한 대 후려갈기는 시늉을 했다. 그런데 그때 문이 열렸다. 또 저팔계였다. 나간 지 얼마나 됐다고. 그런데 이번엔 혼자가 아니었다. 저팔년이 쪼르르 따라 들어왔다.

"아, 우리 딸년이 만화책 좀 보겠다고 해서. 방학 때라고 공부는 안 하고⋯⋯. 이리 들어와. 딱 한 권만 가져가. 알았지?"

저팔년은 늦은 밤인데도 뭔가를 입에 넣고 우적우적 씹고 있었다. 한손엔 찢어진 파전을 들고 있었다. K는 자기도 모르게 인상을 찌푸렸다. 틀림없이 저 손으로 책을 만지작거릴 테고, 그러면서 손에 묻은 기름을 책에 온통 묻히겠지!

저팔년은 뒤뚱거리면서 책장을 하나씩 훑어갔다. 제 엄마 것인지 통굽으로 된 빨간 하이힐을 신고 있었는데, 돼지발에 매니큐어라도 칠해 놓은 모양새였다.

그때, 성인만화를 뒤적거리던 저팔계가 저팔년에게 말했다.

"야! 딸년, 그거 줘봐."

"뭐? 이거?"

저팔년이 파전 쪼가리를 들어 보였다. 그러느라 파 한 줄기가 바닥에 떨어졌다. K는 아까보다 미간을 더 좁혔다.

"응. 아빠 좀 먹자. 넌 집에 가서 또 먹으면 되잖아."

"싫어. 아빠도 갖다 먹어. 엄마가 해놨잖아."

그러더니 저팔년은 손에 들고 있던 파전 조각을 한입에 구겨 넣었다. 볼이 풍선처럼 빵빵해졌다. 이거 무슨 돼지 가족 시트콤을 보는 것도 아니고! 게다가 뭔 장난을 하다가 그랬는지 몰라도 저팔년 모가지엔 빙 둘러 벌건 흉터가 나 있었다. 휴! 저런 애를 매일 학교로 학원으로 데려다 준다고? 참나, 고슴도치도 제 자식은 예쁘다고 한다더니! K는 고개를 돌리고 피식 웃었다.

"에이, 저게……. 아, 참! 캔디 형. 우리 막걸리 한잔 할까? 마누라한테 얼른 전 한 장 부쳐 오라고 할 테니까."

저팔계는 대뜸 휴대전화까지 꺼내 들었다.

"아, 아니야. 나는 괜찮아. 됐어."

K는 얼른 고개를 돌리고 손사래를 쳤다.

그 순간, K는 보았다. 저팔계의 등 뒤쪽, 유리문 바깥에 서 있는 그림자를. 그림자는 들어올 듯하다가 멈추더니 곧 문 앞에서 사라졌다.

"3호……?"

K는 자기도 모르게 신음처럼 뱉어 냈다.

"어? 뭐라고?"

저팔계가 전화기를 내리고 물었다. K는 손을 저었다. 그리고 얼른 문 쪽으로 달려갔다.

K는 문을 열고 나가서 바깥을 두리번거렸다. 하지만 3호는 보이지 않았다.

"왜 그래? 뭔데?"

K가 큰길 쪽으로 돌아보고 있을 때, 저팔계와 저팔년이 나란히 책방에서 나왔다.

"아, 그게 아니고……. 잠시만 나 좀……."

K는 재빨리 달려갔다. 그때, 뒷골목 쪽으로 누군가 획 지나가는 게 보였다. 그는 따라갔다. 오른쪽, 그리고 다시 왼쪽. 한 번 더 오른쪽으로 걷다가 K는 멈추었다.

골목길 모퉁이에 누가 있었다. 한 무리의 아이들이었다. 녀석들과의 거리는 불과 10미터 남짓. 세어 보니 모두 네 명이었다. 세 명이 나머지 한 명을 구석으로 몰아붙인 채 족대기고 있었다. 한 놈은 손으로, 또 한 놈은 발로. 또 하나, 검은색 비니를 쓴 놈은 사방을 두리번거렸다. "아오, 빡쳐! 주둥이를 확 갈아 버릴까 보다." 한 놈이 말했다. "그러게. 아주 혀를 쭉 뽑아 버리든가!" 또 한 놈이 맞받아 말했다. 그 두 마디에 K는 모든 상황을 파악했다.

그때쯤, 놈들은 기척을 느끼고 동작을 멈추었다. 그러더니 일제히 K를 쳐다보았다. K는 흠칫 놀랐다. 놈들의 독사 같은 눈빛 때문에 기가 질려 버렸다. 그리고 동시에, 그 아이들 틈바구니에서 얼핏 본 빨간 목도리 때문에 온몸의 힘이 쭉 풀렸다.

"3호……?"

얼결에 입 밖으로 소리를 냈다. 하지만 거기까지였다. 놈들 중 하나가, "왜요? 아저씨 뭐 볼일 있어요?" 하면서 노려보았던 것이다. 그는 뒷걸음질 쳤다. 세 걸음쯤 물러난 다음, 얼른 몸을 돌려 뛰었다. 왼쪽, 오른쪽, 다시 왼쪽 모퉁이를 돌았다.

그렇게 뛰어 책방 앞에 막 다다랐을 때, 누군가 K의 앞을 가로막았다.

"아저씨, 어디 다녀오세요?" 3호였다.

"너, 너 왜 여기 있어?" K가 다급하게 물었다.

"저요? 지금 왔어요." 3호는 태연하게 대답했다.

"너 혹시 저 골목……. 아, 아니야. 됐어. 가자!" K는 3호의 손목을 잡아끌었다.

"그런데 왜 밖에서 이러고 있는 거야? 책방에 들어가 있지 않고." K는 숨을 고르며 물었다.

"책방 안에……."

"아 저팔계 때문에?"

3호가 입을 열었지만, K가 가로챘다. 3호는 고개를 끄덕였다. 그걸 보면서 K는 말했다.

"나도 언젠가는 저팔계 그 새끼 가만 안 둘 거야. 개새끼처럼 지하철역에서 밀어 버릴까? 네 생각은 어때?"

조금 전의 일들이 자꾸 머릿속에 되살아났다. 그래서 아무 말이

나 막 주워섬겼다. 3호는 고개를 갸웃거렸다. 그러더니 물었다. "무슨 일 있었어요?"

"아, 아니야. 참! 너 혹시 지하철역에 붙은 플래카드 봤니? 난 가서 봤어!"

가슴이 뛰고 있어서일까? K의 목소리가 필요 이상으로 컸다.

"저도 오면서 봤어요."

"그래? 기분이 어땠어?"

"우리가 그렇게 엄청난 일을 해냈다는 게 믿기지 않아요!"

"그렇지?"

K는 3호의 얼굴을 보고 싶었지만, 차마 눈을 마주 볼 수가 없었다. K는 책방 안에 들어간 뒤에도 3호의 시선을 피한 채 이런저런 말들을 순서도 없이 주워섬겼다. "참, 저녁은 먹었니? 난 라면 먹었는데……. 만두라면. 넌 어딜 갔다 온 거니? 걱정했잖아……." 그러는 동안에도 머릿속에는 자꾸만 골목길에서 마주친 무리의 모습이 떠올랐다.

5

반사! 반사! 반사!

"틀림없이 확인한 거지?"

K의 질문에 3호는 고개를 끄덕였다. 하지만 이미 3시가 지났음에도 3호가 말한 인상착의는 나타나지 않았다. 초조할 것까지는 없었지만, 시간이 지나자 조바심이 들었다.

"거지독사는 N역 3번 출구 쪽 전방 100미터 지점에 있는 편의점에서 일해요. 아침 6시에 시작해서 오후 2시에 끝나죠. 개새보다 키가 작고, 좀 말랐어요. 겉은 검은색, 안쪽은 빨간색 테 안경을 썼고요. 자주색 백팩을 메고 다녀요."

오늘 아침, 책방 청소를 마치고 소파에 앉았을 때, 3호는 K에게 그렇게 말했다. 그리고 반나절 내내 곁에서 서성대다가 마침내 1시 30분이 되자, 그의 팔을 이끌었다.

솔직히 내키지 않았다. 대낮인 데다가, 이러저러하다 거지독사가 개새처럼 계단 아래로 나동그라질지 모른다는 생각이 들면서, '이건 아닌데……' 하는 생각이 머릿속 깊은 곳에서 꿈틀거렸다. 개새도 뒤통수만 한 대 후려치려던 것이었지 그렇게 중상을 입힐 생각은 아니었으니까. 그래서 K는 생각하다 못해 입을 열었다.

"저, 오늘은 말이야……."

그냥 얼굴만 확인해 두자, 라고 말할 참이었다. 그래도 3호가 고집을 부린다면, 대낮이라 들킬 위험이 높다고 설득할 요량이었다. 그런데 3호가 손을 들어 편의점 입구를 가리켰다. 그 손끝에 키가 훤칠한 남자가 걸려 있었다.

"네가 말한 인상착의와 다른데?"

그러나 3호는 고개를 저었다. "맞아요. 틀림없어요."

"아니야. 잘 봐봐. 내가 보기에는 개새만큼 키도 크고 덩치도 있어 보여."

"틀림없다니까요!" 마침내 3호는 신경질을 부렸다.

"알았어. 누군지 확인했어. 하지만 지금은 안 돼. 밤에 다시 오자."

K는 3호의 손목을 잡아끌었다. 하지만 3호는 오히려, "지금이에

요!"라고 외쳤다.

"미쳤어? 그러다 눈치채면? 아니, 성공한다고 해도 사람들이 소리 지르고 우릴 잡겠다고 쫓아오면?"

그래도 3호는 움직이지 않았다. 두 주먹을 불끈 쥐고 파르르 떨었다. 그걸 보고 K는 이러지도 저러지도 못한 채 서성거렸다.

그때 거지독사가 움직였다. 3호의 낯빛이 초조해졌다. 그러더니 마침내 거지독사가 가는 방향으로 먼저 내달리기 시작했다.

"아아, 씨바……."

하는 수 없이 K도 3호를 뒤따랐다.

'그래! 어차피 시작한 일이야. 빨리 끝내야 3호도 빨리 돌아가겠지.'

K는 당조짐하고 주먹을 꽉 쥐었다.

맞바람이 얼굴을 때렸다. K는 고개를 숙이고 파카에 달린 모자를 뒤집어썼다. 앞섰던 3호는 어느새 뒤처져 있었다.

대낮이라 사람들이 많았다. 지나가는 사람들과 자꾸만 어깨를 부딪쳤다. 앞서 가는 사람의 등을 밀치기도 했다. 사람들이 욕설을 해댔지만, K는 돌아보지 않았다. 모든 촉수는 오로지 거지독사에게 향해 있을 뿐이었다.

거지독사는 단숨에 N역 3번 출구 앞에 다다랐다. K는 열댓 걸음 뛰어서 놈을 따라잡았다. 그렇게 거지독사 바로 뒤에 섰다. 두 계단만 내려디디면 거지독사의 어깨에 손이 닿을 것 같았다. 다행히도 뒤에는 3호 말곤 사람이 없었다. 그러나 아래쪽에서 서너 명이 올라오고 있었다. 그랬지만, 거지독사를 후려치고 위쪽으로 달아난다면, 해볼 만하다는 생각이 들었다. 놈의 몸이 단단해 보이긴 하지만 내가 두 계단 위에 있으니 한 대 정도야 못 때릴 것도 없겠지, 라고. 더 이상 계산할 게 없었다. K는 재빨리 주머니에서 손을 빼들었다. 그리고 두 계단을 한꺼번에 내려섰다.

그런데 그때, 거지독사가 고개를 돌렸다. 놈과 눈이 마주쳤다. 작고 날카롭게 찢어진 눈이 K를 노려보았다.

헉!

숨이 막혔다. K는 그대로 얼어붙듯 멈추어 섰다. 얼른 놈의 얼굴을 외면했다. 손을 들어 올린 채 내뻗지 못하고 그냥 내렸다.

"어, 저기……."

놈이 무슨 말을 하려고 입을 움찔거렸다. 동시에 K는 재빨리 두세 계단씩 뛰어 내려갔다. 다리가 후들거렸던 탓에 K는 맨 아래 계단에서 중심을 잃고 휘청거렸다. 겨우 중심을 잡고 돌아보니 거지독사가 그를 쳐다보고 있었다.

K는 반대편 8번 출구 쪽으로 달려갔다.

"들킬 뻔했어. 거봐! 내가 뭐랬어. 낮에는 힘들다고 했잖아!"

K는 8번 출구 위로 올라와서 3호에게 신경질을 부렸다. 목소리가 컸던지 지나가던 사람들이 힐끗거렸다. 3호는 아무런 대꾸도 하지 않고 딴청만 했다. 미안하다는 뜻인가?

"가자. 오늘은 실패한 거야. 그래, 처음부터 다 잘될 수는 없지. 개새도 사흘 만에 성공한 거잖아. 괜찮니?"

3호를 다독거렸다. 그런데 녀석은 자꾸만 계단 아래를 힐끔거렸다. 그러더니 손가락으로 그 아래를 가리켰다. "저기요!"

K는 3호의 손끝이 가리키고 있는 곳을 내려다보았다.

"뭐, 뭐야? 저거 거지독사 아니야?"

거지독사가 계단을 올라오고 있었다.

"지하철 타려는 거 아니었어? 숨자. 어디로든 피해!"

K는 두리번거렸다. 그는 급한 마음에 길가의 휴대폰 매장 안으로 뛰어들었다.

"어서 오세요. 휴대폰 보시게요? 이쪽으로 앉으세요."

여직원이 생글거리며 테이블로 안내했다.

"아, 잠시만요."

K는 숨을 고른 뒤에 말했다. 그리고 유리문 너머로 지나가는 사람들을 살폈다. 여직원이 고개를 갸웃거리면서 그를 위아래로 훑어봤다.

"찾는 제품 있으세요? LTE 제품으로 보여 드릴까요?"

"잠시만! 좀 이따가요."

직원의 말에 K는 손을 저으며 대꾸했다.

아! 그런데 3호는? 녀석이 보이지 않았다. K는 두리번거렸다.

"나랑 같이 들어온 중학생 아이, 어디로 갔지요?"

"네? 손님 혼자 들어오셨는데요." 직원이 어깨를 으쓱해 보였다.

"아, 네……."

이 녀석은 또 어디로 갔을까? 냉큼 따라올 것이지 또 어디로 숨은 걸까? K는 사타구니를 북북 긁기 시작했다.

얼마나 시간이 지났을까. 이윽고 문밖에 검은 파카가 지나가는 모습이 보였다. 역시 거지독사였다. 놈도 무언가를 찾는 것인지 자꾸만 뒤를 돌아보곤 했다.

거지독사가 휴대폰 매장 앞을 지나 저만치 앞서 갈 때쯤, K는 문을 열고 나왔다. 직원이 뭐라고 말했지만, 신경 쓰지 않았다. 뒤미처 기다렸다는 듯이 3호가 휴대폰 매장 옆의 슈퍼 입구에서 쪼르르 달려 나왔다.

거지독사는 10분을 더 걷더니, 에펠탑이 그려진 간판이 걸린 빵집으로 들어갔다. 그리고 한 시간이 지나도록 나오지 않았다. 빵집 건너편 근린공원 벤치에 앉아 한 시간을 더 지켜보았지만, 거지독사는 끝내 모습을 나타내지 않았다.

"저기가 거지독사네 집이 맞나 보네?"

3호가 고개를 끄덕였다. 그러더니 K의 팔을 툭 쳤다. 돌아보자, 녀석은 턱을 조금 올려 보였다. "어떻게 할 거예요?" 왠지 모를 다급함이 묻어 있는 표정이었다.

"나도 잘 모르겠어. 다만……. 서두르지 말자. 다른 방법을 찾아보든가."

그렇게 말하고 한참 동안 K는 빵집 앞을 떠나지 못했다. 혹시 낭패감 때문은 아닐까. 아니면 위험천만한 고비를 넘기면서 쫓아왔는데 아무것도 할 수 없다는 허탈함 때문에?

K가 겨우 자리에서 일어난 건, 해가 빌딩 사이로 숨어 버리면서 짙은 그늘이 햇볕의 미세한 온기마저 빼앗아 가버린 뒤였다. 언제부터인가 드문드문 불어오던 찬바람도 점차 잦아져서 K는 더 이상 버티기가 어려웠다. 온몸이 부들부들 떨렸다.

"일단 돌아가자. 언제까지 이러고 있을 수는 없잖아. 거지독사가 또 나올지도 알 수 없는 일이고."

말을 하는데, 이가 부딪쳤다. K는 엉덩이를 툭툭 털고 일어나 옆을 돌아보았다. 그런데 옆에 앉아 있던 3호는 쭈그리고 앉은 채 움직일 생각을 안 했다.

"뭐해? 우선 집에 가서……."

K는 말을 하다가 멈추었다. '쥐'였다. 3호 앞에서 쥐가 꼼지락거리고 있었다. 먹이를 찾는 건지 코를 땅바닥에 대고 쿵쿵거리면서 조금씩 녀석 쪽으로 다가서고 있었다.

"쥐……."

3호는 새파랗게 질린 얼굴을 하고 있었다. K 역시 어찌할 바를 몰랐다. 어릴 때부터 가장 끔찍하게 여기던 게 쥐였다. K는 뒷걸음질 쳤다.

그랬다. K는 반사적으로 도시락에 들어 있던 쥐 새끼를 떠올리고 있었다.

……3학년 늦봄, 진호의 '꼬봉'이었던 규종이가 K의 도시락에 쥐를 넣어 놨다. 털도 나지 않은, 이제 갓 어미 배 속에서 나온 새빨간 새끼 쥐를. 더구나 밥을 파헤치고 안쪽 깊숙이 넣어 놔서 K는 전혀 눈치채지 못했다. K는 그것도 모르고 밥을 몇 숟가락 떠먹다가 숟가락에 딸려 올라오는 쥐를 보고 기겁을 했다. 그는 수저를 팽개치고, 뒤로 나자빠졌다. 그러느라 도시락이 바닥에 떨어져 아수라장이 됐다. K는 그 자리에서 먹은 것을 죄다 토했다. 규종이는 그런 K의 얼굴 앞에 새빨간 쥐 새끼를 들이대며 놀렸다. "캔디, 예쁘지 않아?"

새빨간 쥐가 눈앞에 내내 어른거리면서 속이 울렁거렸다. K는 뒤로 더 물러났다. 3호가 파르르 떨며 그에게 말했다. "어, 어떻게 해요?"

"몰라! 나도 몰라!" K는 고개를 저었다. 그리고 옆으로 반걸음 비켜섰다.

그때, 마침 자전거 한 대가 획 지나갔다. 그 탓에 쥐는 3호가 앉아 있던 나무 의자 아래를 지나 수풀 사이로 사라져 버렸다.

그제야 3호가 다리를 부들부들 떨며 일어났다.

"괜찮아. 이제 괜찮아."

K는 3호의 어깨를 토닥여 주었다. 그리고 녀석의 손목을 잡아

끌었다.

"욕이라도 해주고 싶어요."

오랜 시간 추위에 떨었음에도 아무 수확도 없었으니 억울하기도 할 테다. K는 3호의 말이 이해가 됐다. 창밖을 바라보는 3호의 눈이 물빛으로 번들거렸다.

"그럼, 좀 시원해질 거 같아?"

"아저씨는 안 그래요?"

"글쎄……."

K는 뭐라고 적당히 할 말이 없었다.

"전…… 억울해요. 아저씨도 그렇죠?"

K는 나도 그런 때가 있었어, 라고 말하려다 그만두고 김이 모락모락 솟아오르는 어묵 국물을 휘휘 저었다. K는 3호에게 또 원하는 게 무어냐고 물으려다가 말을 바꾸었다.

"알았어. 그럼, 해! 나한테!"

"네?"

3호는 놀란 토끼눈이 되었다.

"나한테 하라고!"

"아저씨한테…… 욕을 하라고요? 여기서요?"

K는 고개를 끄덕였다. 그러자 3호는 피식 웃었다.

"왜? 하라니까!"

88

"정말 해도 돼요?"

"응. 해봐."

"퍽큐!"

3호는 그렇게 말하며 가운뎃손가락까지 치켜들었다. K는 씩 웃었다. 그런데 3호는 그러고 그만이었다.

"그게 다야? 하고 싶으면 제대로 해봐."

"……거지독사, 이 십색 볼펜으로 처맞을 새끼야."

"좋아. 또! 고고싱!"

"자선냄비에 라면 끓여 먹다가 좆대가리에 쏟을 새끼."

"……"

"왜 자꾸 웃어요?"

"아니야, 생각나는 사람이 있어서."

"누구요?"

"나 어릴 때, 병수라는 애가 있었어. 머리도 그다지 좋지 않은 애였는데, 욕 하나만큼은 정말 잘했지. 한 번도 들어 보지 못한 욕을 해대는데, 그 욕을 듣고 있으면 정말 정신이 하나도 없었어. 거기다가 어설프게 사투리까지 섞어 쓰면 아이들이 배꼽을 잡고 웃었어. 물론 끔찍한 욕도 있었지만."

"이를테면……?"

"뭐, 이런 거지. 눈알을 파서 먹물을 쪽 뽑아 붓글씨를 써버린다?"

"그건 들어 본 욕이네요. 또요."

"음, 창자를 쭉 빼내서 줄넘기를 해버릴까? 아니면, 똥꼬에 못을 박아 버린다? 뭐, 이런 거?"

K는 병수의 옛 얼굴을 생각하려고 애썼다.

"재미있네요."

"재미있어? 이게?"

"똥꼬 말이에요. 변비라도 걸렸으면……."

"그런 농담이 나오니?"

"미안해요. 요즘 애들은 그렇게 욕 안 해요. 이 십 원짜리 같은 새끼야, 산신령 턱수염 뽑아서 밑 닦을 새끼, 시편 십팔 편 같은 새끼야, 아멘이다! 이런 거요. 씨베리안허스키 같은 놈, 도 있네요. 변기에 밥 말아 먹을 놈?"

"변기 이야기는 하지 마."

"왜요? 그럼, 아저씨가 또 해보세요."

"불알을 떼서 구슬치기를 해버릴까 보다? 니 애비 밑 닦은 종이 핥아 먹을 새끼? 지 몸무게에 루트 두 번 씌운 것보다 아이큐 낮은 놈, 배추나비 애벌레 좆만 한 새끼?"

병수도 생각났고, 진호 얼굴도 생각났다. 그래서인지 K의 목소리는 갈수록 높아졌다.

"아저씨, 대박! 애벌레면 돋보기로도 안 보일 텐데."

"그리고 니 좆털 뽑아서 잡채나 해먹어라, 라든지. 니 혓바닥 뽑아서 양탄자로 쓴다?"

"푸하하! 아저씨, 짱 드셈!"

"내가 만든 욕도 아닌데, 뭐."

"아무튼, 해요."

갑자기 3호의 목소리가 차분해졌다.

"뭘?"

"욕이요."

"어떻게? 사람을 만나야 욕을 하지."

"010-976x-87xx."

"누구 전화번호니? 혹시 거지독사?"

"네."

"설마, 전화로 하라고? 장난 전화 하듯이?"

"휴대폰으로 하면 들키기 쉬우니까, 밖에 나가서 공중전화로 하세요."

용의주도한 녀석. K는 푸르도록 창백한 3호의 얼굴을 쳐다보았다. 그리고 고개를 저었다.

"됐어. 지금 했잖아."

"우리 둘이 방금 장난친 거요? 욕이란 게 듣는 사람 기분 나쁘게 만드는 게 목적이잖아요. 그런데 아저씨랑 나랑 낄낄거리면 뭐해요. 또라이도 아니고."

"또라이?"

"아니요, 죄송해요. 아저씨한테 한 말 아니에요. 이를테면 그렇다는 거죠."

"꼭 해야 돼?"

"네. 꼭이요!"

"왜? 억울해서?"

"아저씨 같으면 억울하지 않아요? 특히 거지독사, 그 설사한 양변기에 대가리 처박을 새끼는……. 그런데 이 욕은 어때요?"

"더러워. 어제 먹은 라면 국물이 그대로 넘어오겠어."

말하면서도 자꾸 상상이 됐다. K는 신트림을 뱉어 냈다.

"그렇죠? 아무튼 ……거지독사는 공부도 꽤 잘하는 애가, 하필이면 먹는 거 가지고 장난을 잘 쳤어요. 빵 셔틀, 김밥 셔틀도 거지독사가 더 많이 시켰어요. 보통 때는 깔끔해 보이는데 먹을 때는 어찌나 추잡스럽던지……. 최고로 싫었던 건, 꼭 화장실 바닥에 한번 떨어뜨렸던 음식을 주워 먹게 하는 거였어요……."

"알았어. 그만해. 물론 억울할 거야. 그동안 그렇게 당한 게 있는데……."

"그럼, 해주세요. 해주신댔잖아요."

"그러면 정말 좀 나아질까?"

"왜, 싫으세요? 내키지 않아서 그러시는 거예요?"

"그런 게 아니라. 오늘 당장 거지독사를 어쩔 수 있는 건 아니잖아. 다른 방법으로도……."

"다른 방법 어떤 거요?"

"글쎄, 그건……."

K는 얼버무렸다. 생각을 하는 척하며 딴 곳을 바라보았다.

애초에 분식점에 들어간 게 잘못이라면 잘못이었다. 온몸이 얼어서 몸이라도 녹이려고 들어갔던 거였는데, 결국 2인분이나 시켜놓은 떡볶이는 거의 먹지도 않았고, 어묵 국물만 홀짝거리면서 욕만 하다가 말았다. 그러다 결국 3호의 재촉으로 서둘러 바깥으로 나와야 했다.

공중전화 박스는 책방으로 향하는 2차선 도로 입구에 있었다. 조금 전에 3호와 주고받았던 욕설을 떠올리면서 K는 공중전화 박스에 가까이 다가갔다.

"정말 해야 돼?"

3호는 고개를 끄덕였다. "걔들은 나를 쓰레기 취급했어요. 그에 비하면 욕 몇 마디 듣는 것쯤은 아무것도 아니에요."

3호는 한 마디씩 또박또박 말했다. K는 더 이상 딴죽을 걸 수가 없었다.

K는 주머니를 뒤져 동전을 모두 꺼냈다. 다 합해서 780원. 수화기를 들고 동전을 모두 넣었다. 그런 다음 전화번호를 눌렀다. 신호음이 울리는 동안, K는 숨을 가다듬었다.

그런데 끝없이 신호만 가고 거지독사는 전화를 받지 않았다. 하는 수 없이 끊고 재발신을 눌렀다. 그래도 마찬가지였다. 그래서 또 재발신. 물론 반응이 없었다.

"전화를 안 받아."

K는 전화박스 밖에서 기다리는 3호에게 말했다. 그러자 3호가 집게손가락으로 원을 그려 보였다.

"다시 해보라고?"

하는 수 없이 K는 또 재발신을 눌렀다. 세 번, 네 번. 거지독사는 반응이 없었다.

"안 받아. 그만하자. 나중에 다시 해."

K는 수화기를 내려놓았다. 동전을 주워 들고 박스에서 나왔다.

"밤이 되니까 춥다. 어서 집에 가자."

K는 3호의 손목을 잡아끌었다. 하지만 3호는 움직이지 않고 버텼다. 그러더니 휴대폰을 꺼내 번호판을 꾹꾹 누른 다음, K의 얼굴 앞에 들이밀었다.

빙닭

010-4378-21xx

"빙닭한테 하라는 거야? 왜? 거지독사 대신이야?"

3호는 고개를 끄덕였다. "어서요!"라며 목소리를 높였다.

"아, 알았어."

K는 전화번호를 외우고 다시 박스 안으로 들어갔다. 동전을 넣고 전화번호를 눌렀다. 신호가 가기 시작했다. 일곱 번쯤. 이어 동전 떨어지는 소리가 들리고 저편에서 남자 목소리가 들렸다. K는 심호흡을 했다.

"네, 여보세요?"

얼른 대꾸하지 못했다. K는 공중전화 박스 옆으로 다가와 있는 3호를 힐끔 쳐다보았다. 그런 다음 수화기를 힘껏 쥐고 내뱉었다.

"야! 이 대가리를 대패로 밀어 버릴 새끼야. 너 빙닭이지?"

뜻밖에도 오래전에 병수가 하던 욕이 생각났다.

"뭐요?"

"맞잖아. 이 빙닭 같은 새끼야. 너네 엄마가 빙어냐? 그럼 아빠는 닭이고? 빙어 대가리에 닭발? 아니면 닭대가리?"

K는 말하면서 낄낄거렸다. 그다지 웃기지는 않았는데, 어쩐지 웃어야 할 것 같았다. 그는 내친김에 또 지껄여 댔다.

"너는 그럼 빙어가 낳은 거야, 아니면 닭이 낳은 거야? 푸하핫!"

그런 중간에, "여보세요? 누구세요?"라는 목소리가 들려왔다. 물론 무시했다. 그러자 남자는 "아, 뭐래?" 하면서 같이 욕을 해댔다. 하지만 잠깐이었다. 어느 순간, 전화가 툭 끊어져 버렸다. "별 미친놈 다 보겠네." 하는 말과 함께.

어? 이 새끼 봐라? 불현듯 오기가 생겼다. K는 다시 전화를 걸었다. 이번에는 신호가 간 지 네 번 만에 전화를 받았다. K는 또 쏟아 부었다.

"빙닭! 이 새끼야. 너 조심해. 대가리 심줄을 빼다가 기타줄 대신 튕겨 버릴까 하니까."

이번에도 병수가 하던 욕이었다.

K의 목소리 사이사이에 함께 욕하는 소리가 끼어들었다. "어떤 새끼야? 너, 걸리면 죽는다!"

"지랄하네. 빙어 대가리에 닭발 같은 새끼. 창자를 꺼내 순대 만들어서 아가리에 확 처넣어 버릴까!"

이 느낌은 뭘까. 유독 명치끝이 시원해지는 느낌. 병수도 나한테 이런 욕을 해대면서 이런 느낌이었을까?

그때, 빙닭의 목소리가 들렸다.

"너, 탱구 맞지? 너, 내일 죽었어. 개새끼."

"좆까, 씹새야. 이걸 기름에 확 튀겨? 빙어튀김을 만들어 줄까, 닭튀김을 만들어 줄까, 이 개새끼야."

"아, 빙닭새끼랬다가, 개새끼랬다가, 뭐라는 거야. 조류야, 어류야, 포유류야? 하나만 해, 새꺄!"

"뭐?"

순간, K는 혼란스러웠다.

"너, 이 새끼!" 잠시 멈추었다가 다시 입을 열었다. 하지만 그뿐이었다. 그러는 사이 놈이 먼저 한마디 내질렀다.

"에이, 씨발! 반사! 반사! 니가 한 말 다 반사!"

그리고 전화가 끊어졌다. 이번에는 저편에서 끊은 게 아니라 동전이 모두 떨어졌기 때문이었다.

헉!

뒤통수를 한 대 얻어맞은 기분이었다. K는 자신이 한 모든 욕을 온전히 덮어쓴 기분이었다.

"바, 반사래! 전부 반사래!" K는 3호를 쳐다보며 말했다. "어, 어떻게 하지? 이 새끼를……?"

먼저 시작해 놓고, 더 많은 욕을 퍼부었는데도, K는 화가 났다. "안 돼! 야! 동전 더 없어?" 주머니를 뒤지다가 3호에게 물었다. 3호는 도리질을 쳐댔다. K는 전화기를 들었다가 놓았다가 했다. 물론 전화기에서는 뚜뚜, 하는 소리만 났다.

"아, 씨발! 이거, 이거……. 아아아아악!" K는 공중전화를 두드리며 괴성을 질렀다.

K가 공중전화 박스 앞을 떠나지 못하고 서성대다가 하는 수 없이 책방으로 향한 건 엄마의 전화 때문이었다. 제풀에 화가 나서 이러지도 저러지도 못하고 있는데, 휴대폰 벨이 울렸다. 엄마는, "책방에 왔는데 어디니?" 하고 물었고, K는 "갈게요!"라고 말하는 순간부터 내달리기 시작했다.

엄마는 책방 앞에서 서성거리고 있었다.

"도대체 어딜 갔다 오는 거니?"

"저 밑에……. 근데 왜 왔어요?"

"온다고 했잖니. 오늘이 네 생일이야. 그것도 잊고 있었니? 얼른 문이나 열어."

"생일 다 지났어요. 벌써 7시가 넘었어요."

"저녁 먹으면 되지 뭘 걱정이야."

K는 번호키를 눌렀다. 그러나 숨을 고르느라 두 번이나 잘못 누르고 말았다.

힘들게 문을 열고 비켜서자 엄마는 책방을 가로질러 뒷문으로 나갔다. 그리고 K보다 먼저 계단을 올라갔다.

"휴! 집이 이게 뭐니? 아무리 남자애 혼자 산다고……."

엄마는 그러면서 방 안을 휘돌아보았다. 그런데 '애'라니!

"이건 또 뭐야? 이건 옛날에 쓰던 가방 아니니?"

엄마는 방 한가운데 널브러져 있던 3호의 가방을 주워 들며 말했다.

"아니에요. 그건 3호가……."

"이거 한쪽으로 치우고, 이불부터 좀 개. 그리고 한번 쓸어야겠다. 그리고 어휴! 이게 무슨 냄새니? 책 냄새에, 총각 냄새에……. 문 좀 활짝 열어 놔라! 창문도."

K가 뭐라고 할 틈도 없이 엄마는 혼잣말처럼 연신 쏟아 냈다.

K는 3호의 가방을 의자 위에 올려놓고 창문을 열었다. 단박에

찬 공기가 방 안으로 몰려들었다. 지금껏 바깥에 있다가 들어왔음에도 냉기에 몸이 떨렸다.

"미역국은 먹었……. 저걸 먹은 거냐?"

엄마가 식탁 위에 놓인 컵라면 그릇 두 개를 가리켰다.

"몰랐어요. 생일인지."

"하나는 왜 뜯어 놓고 먹다 말았니? 다 불어 터져서 이젠 못 먹겠다."

"그건…….."

"그리고 너 이런 것 자꾸 먹으면 안 되는 거 몰라? 아토피에 안 좋다고 귀에 못이 박히도록 들었을 텐데……."

엄마는 3호가 두 젓가락쯤 먹다가 남긴 컵라면 그릇을 싱크대로 가져갔다. 그리고 물을 틀었다.

"네 동생, 결혼할 거야. 날짜 잡았어. 다음 달 25일이야."

물소리에 섞여서 '결혼'이라는 말과 '25일'이라는 말만 귓속에 들어왔다. K는 대꾸하지 않았다. 남의 이야기처럼 들렸다.

"올 거니?"

"아니요."

"왜? 아버지 때문에?"

그걸 말이라고 하세요? 아버지는 제가 가는 걸 탐탁지 않게 생각하실걸요. K는 그렇게 말하려다가 말았다.

이유는 많았지만 요약하면 딱 세 가지였다. 계집애 같아서, 누나들처럼 공부를 못해서, 그리고 당신을 닮지 않아서.

K는 호리호리한 미인형의 엄마를 많이 닮았다. 우락부락한 아버지를 거의 닮지 않았다. 술 한 잔 입에 대지 못하고, '천생 여자'이면서 소심한 엄마 쪽에 가까웠다. 그는 자신이, 저돌적이고 모험심도 많은 아버지와는 거리가 멀다고 생각했다. 사남매 중 유일하게 남자로 태어난 그가 자신을 닮지 않은 것부터 아버지는 못마땅해했다. 물론 생김새마저도! 그래서 아버지는 툭하면 그에게, "넌 도대체 누굴 닮은 거냐? 소꿉장난이나 좋아하고, 누나들 인형이나 만지작거리고……."라는 소리를 했다. 그럴 때면 엄마는 슬그머니 자리를 피하곤 했다.

아버지는 공부 못하는 K를 특히 싫어했다. 누나들이, 그리고 동생까지 전교 1등 언저리에서 놀 때, 그는 전교 30등 안팎을 헤, 맸, 다! 아버지의 표현을 빌자면 그랬다. 맞다. 아버지는 그가 공부를 못(!)하는 걸 당신의 치욕으로 여기는 사람이었다. 전교에서 30등이면 공부를 못하는 게 아니라고 엄마가 수도 없이 이야기했지만, 아버지는 콧방귀만 뀌었다. "1등 말고 나머지는 죄다 들러리야!" 그게 아버지의 지론이었다.

하지만 K는 그런 아버지의 요구에 단 한 가지도 부합하지 못했다. 공부도, 운동도. 뿐만 아니라 어이없게도 남들을 휘어잡기는커녕 늘 당하고만 있었으니, 아버지가 그를 좋아할 리는 만무했다.

물론 아버지는 K에게 단 한 번도 회초리를 들지 않았다. 소리를 크게 지른 적도 없었다. 그가 '캔디'라고 불리며 그 학기 성적이 반에서 32등으로 떨어졌을 때조차도. 오히려 아버지는 아주 차분한 목소리로 그를 타일렀다. "네 누나들처럼 내 자랑거리는 되지 못해도 좋다. 하지만 내가 너로 인해서 다른 사람들 앞에서 부끄러워하는 일은 없어야겠지. 그러려면 이딴 성적표는 가져오지 마라."

아버지는 K가 보는 앞에서 성적표를 태워 버렸다. 다음 날, 그는 성적표를 잃어버렸다고 담임한테 해명하느라 진땀을 뺐다. 거기에 더하여 아버지는, 그가 왕따를 당한다는 사실을 알게 되었을 때도 비슷한 말을 했다. "네 스스로 그들로부터 벗어나지 못하면 너는 영원히 패배자가 되는 거야. 알아서 해!"

맞다. K는 자신이 아버지에게 들은 말을, 3호에게 똑같이 해댔던 것이다. 자신이 그 말을 듣고 가슴이 저렸으면서도. K는 그 사실이 못내 부끄러웠다.

"내려가서 일 봐라! 밥 다 되면 부를 테니……"

K가 열린 창 밖의 하늘을 쳐다보고 있을 때, 엄마가 말했다.

곧 엄마는 식탁을 치우고, 설거지를 시작했다.

K는 방을 나와 책방으로 내려갔다. 3호가 혼자 소파에 앉아 있었다.

"어머니가 오셨어. 하지만 괜찮아. 아마 저녁 먹고 가실 거야."

3호는 별다르게 대꾸하지 않았다. 어느새 또 『캔디』를 꺼내 그 위에 머리를 처박고서, 그냥, "네!" 하면서 고개만 끄덕였다. K는 다가가서 물었다.

"너네 어머니는 어떠시니? 우리 엄마는, 그래도 나를……."

하지만 이야기를 채 꺼내기도 전에 책방 문이 열렸다. 저팔계가
들어왔다.

"누구야? 아까 손님 들어가는 것 같던데. 엄마 오신 거야?"

저팔계는 뒷문 쪽을 힐끔거렸다. K는 고개를 끄덕였다.

"인사드려야지."

"네가 왜?" K는 단박에 되물었다. 다만 입 밖으로 소리치지는
못하고 안에서 우물거렸다.

"아, 아니야. 지금 좀 바쁘셔. 이따가……."

"그래? 그럼, 그러지 뭐."

저팔계는 쿵쿵거리면서 돌아섰다. 그러더니 곧바로 K에게 다가
와 낮은 목소리로 말했다.

"그럼, 오늘 그거 못 보겠네. 엄마, 주무시고 가셔?"

"그, 글쎄……. 아마 그럴 거야!"

엄마가 그럴 리는 없겠지만, K는 더듬거리다가 힘주어 말했다.

"아, 그래? 흠! 알았어. 그럼, 혹시 엄마 가시면 전화해. 난 가게
문 닫고 피시방 가서 게임이나 하고 있을 테니까. 알았지?"

다짐을 놓고, 저팔계는 책방을 나섰다. K는 길게 숨을 내쉬었다.

"밥 먹자!"

엄마가 뒷문을 열고 고개만 빼꼼 들이밀더니 말했다. K는 벌떡 일어났다. 그리고 소파 한쪽에 앉아 있는 3호를 쳐다보았다.

"가자. 밥 먹어야지."

그러자 3호는 눈을 동그랗게 떴다. 그러면서 손가락으로 제 가슴을 가리켰다. "저도요? 저도 가요?" 질문을 던졌지만, 이미 3호는 고개를 젓고 있었다.

"괜찮아. 우리 엄마 좋으신 분이야."

하지만 3호는 움직이지 않았다. 오히려 고개를 숙이고 외면했다. 그래서 K는 한 번 더 재촉했다.

"일어나, 어서! 엄마한테는 내가 잘 이야기하면 돼."

비로소 3호는 일어났다.

방 안에 들어섰을 때, 엄마는 막 식탁 위에 반찬들을 내려놓고 있었다.

"당분간 함께 있기로 했어요. 피치 못할 사정으로 집을 나왔는데, 갈 곳이 없는 아이예요. 며칠이면 돼요. 그냥 이해해 주세요."

K는 등을 돌린 엄마에게 낮은 소리로 말했다. 그러자 엄마가 돌아보았다.

"뭐라고?"

"그냥 좀 이해해 달라고요. 며칠만 같이 있으면 돼요."

"무슨 소릴 하는 거냐?"

"그러니까 내 말은……. 어쨌든 아무것도 묻지 마시고요."

엄마라면 이해해 줄 것이라고 믿었다. 하지만 엄마는 여전히 당황한 표정이었다.

"어서 밥이나 퍼라."

K는 일어나서 밥통을 열었다. 그리고 엄마와 자신의 밥은 한 공기 가득, 그리고 3호의 밥은 절반을 펐다.

"왜 밥을 그렇게 퍼?"

"어차피 많이 못 먹어요."

"무슨 소린지, 원……. 일단 먹고 이야기하자."

엄마가 말을 끊었다. 하긴 당사자를 앞에 두고 무어라고 이야기하기는 멋쩍은 일일 거다. K는 일단 숟가락을 들었다. 그래도 못미더워서 결국 한마디 했다.

"아무튼 제가 알아서 할게요."

"그나저나 너 며칠 전 새벽에 전화 걸었니? 한두 시쯤에."

엄마는 말머리를 돌렸다. 불청객으로밖에 보이지 않을 3호에 대해서 엄마는 더 이상 할 말이 없을 터였다. 아마 엄마는 3호를 책방에라도 내려보내고 한바탕 훈계를 늘어놓을지도 모른다. 그래도 별수 없었다.

"얘! 내 말 듣고 있니? 무슨 생각을 하고 있는 거야? 며칠 전 새벽에 전화했느냐고 물었다."

"아, 죄송해요. 그런 적 없어요. 잘못 걸린 전화겠지요."

"알았다. 어서 밥이나 먹자."

엄마는 더 이상 아무것도 묻지 않았다. 이해해 준다는 뜻일까? 하지만 시간이 지나자 그게 좀 섭섭했다. 엄마는 한 숟가락 뜨는 듯 마는 듯했는데, 구석에 앉아 있는 3호에게는 단 한 번도 눈길을 주지 않았다. 3호도 민망한지 구석에 쭈그려 앉은 채 아무 말도 하지 않았다.

K는 불편하고 걱정스러웠다. 하지만 그게 더 낫겠다는 생각이 들었다. 엄마가 꼬치꼬치 캐묻는다면, 그 질문에 하나하나 해명하느라 진땀을 빼야 할 테니까.

6

라면 셔틀 최강자

"거지독사는 어제도 그제도 같은 시간에 집에서 나와, 같은 시간에 집에 들어갔어요. 아저씨 말대로 낮인 데다가 사람들이 많이 지나다니는 길이어서 도무지 어떻게 해볼 도리가 없겠더군요. 그래서 생각해 봤어요. 어떤 방법으로 거지독사를 처치(!)할까."

3호가 언제부터 이렇게 말이 많아졌을까. '처치'라는 말을 할 때는 손으로 목을 긋는 시늉까지 했다. K는 듣고만 있었다. 책방 문을 열자마자 꺼낸 말치고는 생뚱맞았다.

"근데요, 아저씨! 꼭 뒤통수를 후려치는 것만 복수는 아니잖아요. 안 그래요?"

"그럼 어떻게 할 건데?"

"거지독사는 먹을 것으로 늘 나를 괴롭혔어요. 나도 한 번쯤 그래 보면 안 될까 싶어서요."

"이거야말로 눈에는 눈, 이에는 이?"

"뭐, 다 그렇고 그런 거 아니에요?"

당연하다는 듯, 3호는 씩 웃기까지 했다. K는 대꾸하지 않았다.

"저에게 좋은 방법이 있어요. 아저씨도 아마 놀라실 거예요."

"뭔데?"

"우선 쥐를 잡아야 해요."

"쥐? 네가?"

쥐 한 마리 보고 벌벌 떨던 3호의 모습이 떠올랐다. K는 다음 말을 기다렸다.

"혹시 벌써 놀라셨어요? 크크큭. 그것 봐요. 내가 뭐랬어요."

"내가 놀란 건 그 때문이 아니고……. 알았어. 그런데 쥐를 잡아 뭘 하려고?"

"우선 꼬리를 자르는 거죠. 한 2~3센티미터쯤이면 좋겠어요. 처음에는 대가리를 자르는 게 더 나을지도 모르겠다고 생각했어요. 그게 충격이 더 클 테니까요. 하지만 아무래도 꼬리를 자르는 게 더 쉬울 것 같아요."

3호는 혼자 싱글벙글이었다.

"뭘 할 거냐고 물었잖아."

"깔끔하게 자른 꼬리는 신선도를 유지하는 차원에서 냉장고에 보관해 주세요. 크큭. 넝담이에요!"

"넝담?"

"농담이요. 요즘 애들은 다 그렇게 말해요."

"……."

"그런 뒤에, 거지독사네 빵집에 가서 빵이나, 아님 케이크를 사요. 어떤 케이크든 상관은 없지만, 초콜릿케이크는 피하는 게 좋겠어요."

"그건 왜?"

"잠깐 기다려 보세요. 아무튼, 케이크를 8등분해요. 그리고 한쪽을 떼어서 접시에 담아요. 그 케이크는 좀 먹어도 상관없어요."

3호는 침을 꿀꺽 삼켰다. K는 3호의 다음 말을 기다렸다.

"그런 다음, 쥐 꼬리를 케이크 사이에 끼워 넣는 거죠. 물론 약 1~2센티미터가 보이게 말이에요. 그리고 사진을 찍어요. 쥐 꼬리라는 걸 알 수 있도록."

"사진?"

"네. 쥐 꼬리가 박혀 있는 게 잘 보이게 해서 찰칵! 이제 왜 초콜릿케이크는 안 되는지 아시겠죠? 색이 비슷하잖아요."

3호는 K의 질문에는 대답하지 않고 주저리주저리 늘어놓았다.

"설마 그걸 인터넷에라도 올린다는 거니?"

"맞아요. 찍은 사진을 뽀샵질 잘 해서 인터넷 포털 사이트 두세 곳에 올리는 거예요. 물론 글도 써야죠. 가령, '우리가요, 거지독사네 빵집에서 케이크를 샀는데요, 먹으려고 잘라 보니까 쥐 꼬리가 나왔어요.' 뭐, 이 정도? 아! 구청 식품위생과 홈피에도 올리면 좋겠네요."

"네 계획이란 게 이거였어?"

"왜요? 그럴듯하지 않아요?"

"하지만 거짓이란 게 금세 들통 날 거야."

"뭐, 상관없지 않아요?"

"상관없다니? 금세 탄로 날 걸 알면서도 하겠다고?"

"거짓으로 밝혀지는 동안 빵집이 발칵 뒤집힐 테니까요. 충격이 이만저만이 아닐걸요? 실제로도 이런 사건이 있었잖아요. 기억 안 나세요? 작년인가, 재작년인가? 어느 빵집 주인이 길 건너 경쟁 업체에서 빵을 사서 이물질이 들어갔다고 인터넷 포털 사이트에 올렸죠. 며칠 동안 신문에도 나고 난리도 아니었는데. 그때, 피해 업체는 일주일이나 문을 닫았대요."

"흠……. 유치하지 않니?"

"뭐, 어때요? 우리가 그런 것 따질 상황은 아니지 않아요?"

당돌해 보였다. K는 3호가 점점 더 대담해지고, 조심성이 없어지는 것 같아 걱정이 되었다.

K의 염려에는 아랑곳하지 않고, 3호는 혼자서 계속 궁리했다.

"그나저나 쥐를 어떻게 잡죠? 아니, 잡는 거야 쥐덫을 놓으면 될 테죠. 문제는 잡아서 죽여야 할 텐데……. 꼬챙이로 배를 푹 쑤시나? 아님, 망치 같은 거로 머리를 내려치면 되나요? 그러다가 이놈이 달려들면 어쩌죠? 아, 그럼 멘붕인데……."

"……."

"아저씨, 뭐 좋은 방법 없어요?"

"……."

K는 입을 다문 채 끊임없이 주절대는 3호를 쳐다보았다.

"아저씨!"

"어……? 왜?"

"왜 그렇게 쳐다보세요? 제 얼굴에 뭐 묻었어요?"

"아, 아니! 난 그냥……. 널 예전에 어디선가 본 적이 있는 것 같아서……."

변명하듯 얼버무리면서 K는 말끝을 흐렸다.

"갑자기 뭔 소리예요? 저를 어디서 봤다는 거예요?"

"글쎄……."

K는 그냥 그러고 말았다. 물론 골목에서 처음 봤다. 열흘 내내 봤으니 그 때문일 수도 있겠다고, K는 생각했다.

"이럴 게 아니라 쥐덫부터 사러 가요!"

3호는 벌떡 일어났다. 그리고 K의 팔을 잡아끌었다. 그는 얼결에 일어나 바깥으로 나왔다. 만물상까지 걸어가는 동안에도 3호는 연신 주절거렸다. "크고 튼튼한 걸로 사요. 한번 탁 갇히면 절대 못 빠져나오게 말이에요. 참! 미끼도 있어야 하잖아요. 뭘로 할거예요? 빵이나 뭐, 그런 게 좋을까요? 아, 소시지 같은 건 어때요? 아, 얼른 잡혀야 할 텐데……."

———————————

"오늘 영업 끝났어요. 내일 오세요."

저팔계는 막 들어선 여고생 두 명을 제멋대로 돌려보냈다. 그러자 옆에 있던 만물상 주인이 문을 잠그고 블라인드를 쳤다.

"참, 간판 불은 끈 거지? 간판 불이 켜 있으면 영업하는 줄 알 거야. 누가 책 빌려 달라고 문이라도 두드리면 어떻게 해."

저팔계는 그렇게 말하고 디브이디 한 장을 K에게 내밀었다.

"이거 틀어. 모니터를 소파 쪽으로 돌려 놓구."

K는 저팔계가 시키는 대로 했다.

그러는 동안 만물상 주인은 까만 비닐봉지에 담아 온 순대와 소주를 테이블 위에 올려놓았다.

"자, 이제 불 꺼!" K가 모니터를 돌려놓자 저팔계가 서둘렀다.

K가 불을 끄자마자 곧바로 영화가 시작되었다. 그리고 동시에 만물상 주인이 소리쳤다.

"어후! 젖 좀 봐!"

화면에는 여배우의 가슴이 크게 클로즈업되고 있었다. K는 입술을 깨물었다.

"형, 이거 보고 싶어서 어떻게 참았냐?"

"그러게 말이야. 집에서 볼 수도 없고……."

"왜? 형수랑 애들 잠든 뒤에 몰래 보면 되잖아."

"그러다가 지난번에 걸려서 졸라 쪽팔렸다, 야. 초딩도 아니고 야동이 뭐냐고. 아, 망할 놈의 여편네."

술잔이 한두 번 오갔다. 저팔계와 만물상 주인은, 시선은 야동에 붙박은 채 이야기를 주고받았다. 하지만 K는 화면이 눈에 들어오지 않았다. 대신 기억의 저편에서 아이들의 목소리가 들려왔고, 그 목소리의 물결에 빠져 허우적댔다.

……"우와! 이거 조젓통 거랑 비슷한데!" 어떤 애가 가져온『플레이보이』를 뒤적거리면서 첫 번째 목소리가 과장되게 떠들었다. 두 번째 목소리는, "조미영 말하는 거야?" 하고 물었다. 이어 첫 번째 목소리가 다시 목청을 높였다. "새꺄! 이게 그거랑 같냐?" 그때, 세 번째 목소리가 끼어들었다. "너 혹시 아랫도리 섰냐?" 그러자 다시 첫 번째 목소리가 되받아쳤다. "에이, 씨발! 내가 조젓통을 보고 서면 삼겹살 먹다가도 서겠네. 내가 또라이냐……." 이어 여럿이 웃었다. 중요한 건 그게 아니었다. 그날 오후, 선생님이 소지품 검사를 할 때, 그 잡지는 K의 가방 속에서 발견되었다. 이후에도 몇 번 더 그런 일이 생겼다. 그 때문에 K는 '변태 캔디'라는 별명도 얻었다…….

"캔디 형! 거기서 그러고 서 있지 말고 라면 좀 끓여 와봐. 저녁을 일찍 먹었더니 무지하게 출출한데?"

멍하니 정신을 놓고 있던 K는, 갑자기 끼어든 목소리에 흠칫 놀랐다.

"라, 라면?"

"응. 왜? 형, 라면 잘 끓이잖아."

K가 짧게 되묻자 저팔계는 없는 소리를 했다. 네놈이 언제 내가 끓인 라면을 먹어 봤다고? 능청스러운 놈. K는 속으로 중얼거렸다. 그러면서 미간을 좁혔다.

"난 라면……."

"아니, 그냥 끓이라고. 같이 먹자니까! 라면 없어? 돈 줘?"

"아, 아니. 그게 아니고."

"아님, 뭐! 얼른 끓여 봐. 세 개만. 아주 매콤하게. 달걀 탁 풀고, 파도 송송 썰어 넣고. 알았지?"

대답 대신 K는 고개를 끄덕였다. 실큼한 표정을 지으면서도 그는 어쩔 수 없이 밖으로 나왔다.

"너……."

3호가 계단 위에 응등그린 채 앉아 있었다. 낮에 사 와서 계단 밑에 놓아 둔 쥐덫을 내려다보면서. 그 모습이 미욱해 보였다.

조금 더 다가서자, 3호가 고개를 들어 K를 쳐다보았다. 잘못 본 걸까? 흐릿한 불빛 때문인지, 녀석이 웃고 있는 것처럼 보였다.

"왜? 왜 그렇게 보는 거야? 비웃는 거야?"

K가 목소리를 높였다. 그러자 3호는 고개를 저었다.

"어쩔 수 없잖아. 아니, 이웃 간에 라면쯤은 끓여 줄 수 있지, 안 그래?"

자격지심일 터였다. 정작 3호는 아무런 대꾸도 하지 않는데, K는 변명까지 했다. 열없는 짓이었다.

K는 3호를 지나쳐 방으로 들어갔다. 그리고 냄비에 물을 담아 가스레인지 위에 올려놓았다. 그때쯤 녀석이 따라 들어왔다.

"넌 이제 잠이나 자. 쥐는 곧 잡힐 거야. 그렇게 지켜보고 있다고 해서 안 잡힐 쥐가 잡히는 게 아니거든. 어쩌면 시간이 꽤 걸릴지도 몰라."

그런데 이런 말은 왜 하고 있는 걸까. 맞다! K는 변명하고 싶은 거였다. 3호 같은 중딩도 아니고, 이 나이에 '라면 셔틀'이라니. 게다가 3호 앞에서! 그런 생각들 때문에 자꾸 눈치가 보였다. 그러다 보니, 돌연 부아가 치밀었다. 그래서 K는 소리를 꽥 질렀다.

"그래! 뭐, 어쩌라고! 그럼 어떻게 해? 라면 못 끓이겠다고, 어떻게 말해? 너 라면 셔틀 당해 봤어? 컵라면 세 개, 네 개 들고 뛰어 봤냐고. 그거 뒤집어쓰고 자빠져 봤어? 라면 국물 쏟아져서 가슴팍에 흘러내리고, 풀어지지도 않은 라면 덩어리 뒤집어써 봤냐고!"

"전……. 아무 말도 안 했어요." 3호가 더듬거렸다. 놀란 표정을 짓더니 얼른 시선을 피했다. 그런 중에도 K의 머릿속에는 라면 국물을 끌어안고 자빠지던 그 옛날의 기억이 선연히 부르터났다.

……라면 셔틀은 주로 규종이가 시켰다. "5분 안에 라면 세 개! 알았지?" 두 개는 양손에 들면 되지만, 세 개는 무리였다. 빈 박스라도 있으면 모르는데, 그런 경우는 드물었다. 물론 그래도 해야 했다. K는 쏜살같이 매점으로 튀어 갔다. 그런데 그날따라 쟁반도, 가끔 사용하던 골판지도 구할 수가 없었다.

컵라면에 뜨거운 물을 붓고 K는 고민했다. 가장 좋은 방법은 나무젓가락을 한 개 더 얹는 것. 이를테면, 컵라면 위에 나무젓가락 두 개를 적당한 간격으로 가로질러 올려놓고 그 위에 물을 부은 컵라면을 쌓는다. 같은 방법으로 컵라면을 3층으로 쌓을 수 있다. 이때 중요한 건, 컵라면 아래쪽을 받쳐 들면 점점 뜨거워지기 때문에 빨리 달려야 한다는 것. 아니면 중간에 한두 번 쉬어야 하는데 마땅히 쉴 곳도 없으므로 최대한 쉬지 않고 서둘러야 한다. K는 머릿속에 그린 그림을 그대로 실행했다.

성공적이었다. 다만 그날따라 아이들이 많아, 서둘렀음에도 불구하고 5분이 훌쩍 넘어 버렸다. 다른 때보다 빨리 달렸는데도 7분이 걸렸다. 진호 일당도 그쯤은 봐줄 것이라고, K는 생각했다.

그런데 마침 열려 있는 교실 문 안으로 들어서는 순간, 조미영과 부딪치고 말았다. 겨우 균형을 잡은 듯했지만, 맨 위에 있던 라면이 흔들리면서 국물이 조미영의 옷깃에 튀었다.

"에이, 씨! 이게 뭐야!" 욕설을 퍼부으며 조미영이 K를 밀쳤다. 그는 넘어졌고, 라면 탑도 쓰러졌다. 라면 하나가 넘어진 머리 위로 날아가 버렸고, 하나는 그의 가슴팍에 쏟아졌다. 뜨거운 국물이 옷 안으로 스며들었다. 그걸 추스를 사이도 없이 둥그렇게 말린 채 풀어지지 않은 라면 덩어리가 그의 목덜미로 떨어졌다.

"아아, 뜨……." K는 얼른 라면 덩어리를 내던졌다. 그런데 그게 하필이면 조미영의 발등에 툭 떨어졌다. "아, 뭐야!" 조미영이 그를 째려보았다. 그러더니 라면 덩어리를 손으로 집어 들고 K에게 다가왔다. 조미영은 라면 덩어리를 K의 얼굴에 던졌다. 뜨거운 라면 면발이 K의 얼굴을 덮었다…….

생각을 다 마무리 짓기도 전에 물이 끓기 시작했다. K는 라면 봉지를 거칠게 찢어서 면과 스프를 끓는 물 속에 넣었다. 그리고 돌아섰다.

"아무래도 안 되겠어."

옛 기억은 날카로운 가시가 되어 K의 가슴을 찔렀다. K는 그것들을 생생하게 기억해 낸 자신이 미웠다. 그리고 화가 났다. 규종이도, 조미영도 아닌 자신에게. 그리고 갑작스레 온몸이 끓는 물처럼 부글부글 끓어오르는 기분에 사로잡혔다.

K는 라면을 휘젓던 젓가락을 싱크대 설거지통으로 내던졌다.

"못 해! 내가 왜 이걸 해야 해?"

짜증이 나서 가만히 서 있을 수가 없었다. K는 주먹을 쥐고 방 안을 이리저리 오갔다. 숨을 크게 쉬고 내뱉고 했다. 하지만 마음은 좀처럼 진정되지 않았다.

"에잇! 이런 나쁜……."

이번에는 머릿속에, 진호와 규종이와 병수 그리고 조미영의 얼굴이 한꺼번에 스쳐 지나갔다.

K는 문을 열고 나섰다. 그때, 3호가 달려와 팔을 잡았다.

"어쩌려고요? 그냥 나가 버리려고요? 저팔계 아저씨가 가만있지 않을 텐데요!"

녀석의 눈빛이 간절해 보였다. 그래서 K는 다시 방으로 들어갈까 잠깐 생각했다. 하지만 결국 3호의 손을 뿌리쳤다.

"붙잡지 마. 너무 화가 나서 견딜 수가 없어. 라면은, 네가 어떻게 좀 해봐."

그러자 3호가 K의 뒤통수에 대고 말했다. "안 돼요! 자존심 때문이라면 그만두세요."

K는 뒤를 돌아보았다. 그러자 3호 녀석이 한마디 더 했다. "그냥 그러고 나가면 어떤 일이 생기리라는 것쯤은 아저씨가 더 잘 아시잖아요."

"그럼, 내가 어떻게 해야 하지?"

"그건……."

3호는 말을 더듬었다. 녀석은 제 일처럼 울상을 짓고 있었다. K는 잠시 주춤거렸지만, 끝내 등을 돌렸다. 그리고 밖으로 나섰다.

방을 나와, 책방 뒷문을 돌아 담을 타 넘었다. 저팔계의 눈에 띄지 않으려면 그 방법밖에 없었다.

골목길을 요리조리 빠져나갔다. 바닥은 질척거렸고, 어느 모퉁이는 미끄러웠다. 어느 집에서 싸우는 소리가 들렸고, 그 반대편 담장 너머에서는 텔레비전 소리가 흘러나왔다. 골목길 사이로 바람이 불어왔다. K는 몸을 움츠렸다. 파카의 지퍼를 바짝 올렸다. 그런데 그때, 목도리가 손에 잡혔다. 3호의 빨간 목도리. 정신없는 틈에 그냥 두르고 나온 모양이었다. 풀어 버릴까 하다가 그만두었다.

K는 오히려 더 꼼꼼하게 목도리를 두른 다음, 쫓기듯 걸었다. 피시방 정문 앞에 한참 동안 서 있다가 버릇처럼 P역 쪽으로 향했다. 무엇을 하려고 그러는지 K 자신도 알 수 없었다. 어디를 가겠다고 생각을 정한 바도 없었다.

큰길 쪽은 바람이 더 강했다. K는 고개를 숙였다. 그래도 가슴을 파고드는 찬바람은 어쩔 수가 없었다. 터무니없게도 이러다가 가슴에 멍이 들지 모른다는 생각이 들었다. 그런 중에도 목은 따뜻했다. 3호가 왜 빨간 목도리를 한시도 목에서 떼지 않는지 이제야 알 것 같았다.

어느새 P역 입구였다. 고개를 들자 플래카드가 보였다.

목격자를 찾습니다

제목만 읽고 K는 시선을 거두었다. 그때 환청이 들렸다.

"어어어억!"

개새가 굴러떨어지면서 지르던 비명 소리! K는 계단 중간에서 걸음을 멈추었다. 소름이 돋았다. 그는 흠칫 몸을 떨었다. 반사적으로 신음이 흘러나왔다. 으으으……. 그런데 이상했다. 그 신음이 입 밖으로 새어 나가더니, 다시 귓전을 맴돌 때에는 마치 비웃음처럼 들렸다.

그래서였을까? 온갖 생각들이 뒤죽박죽 섞인 채 머릿속에서 널을 뛰었다. K는 머리를 흔들었다.

마침내 K는 할 일을 찾아냈다. 그는 서둘러 지하철역 대합실로 내려가서 주위를 두리번거렸다. 3번 출구 쪽으로 오르는 계단 아래쪽 벽에 공중전화가 매달려 있었다.

'빙닭…….'

K는 주머니에서 동전을 꺼냈다. 650원을 모두 쏟아 넣었다. 결심을 하고 전화번호를 눌렀다. 010-4378-21××.

여섯 번쯤 신호음이 울리고 저쪽에서 전화를 받았다. K는 번개처럼 쏟아부었다.

"이 빙어 닭대가리 같은 새끼! 몸무게에 루트 두 개 씌운 것만도 못한 아이큐 가진 새끼."

"여보세요!"

"보긴 뭘 봐! 지나가는 참새 똥구멍이나 봐라, 새꺄! 전기톱으로 LA갈비를 만들어 버릴까 보다."

욕을 하면서도 섬뜩했다. 그건 오래전, 병수가 하던 욕이었다. 그때도 욕이 이렇게 무시무시했나?

내친김에 놈이 하던 욕을 더 뱉어 냈다.

"니 에미가 똥 싸다가 똥통 위에서 낳은 새끼. 미역국도 똥물에 끓여 먹였다며?"

"이봐요. 누구세요?"

"나? 나 말이야?"

"도대체 누구신데……."

"그건 알아서 뭐하게? 빙어튀김 반, 삼계탕 반이다, 이 새꺄."

그리고 마지막엔 병수가 하던 욕설 한마디 더! "니 겨털로 잡채 나 해먹어라, 시벌놈."

K는 얼른 전화를 끊었다. 반사! 그 말이 떠올라서였다.

됐어. K는 스스로에게 말했지만 그 자리를 서둘러 벗어나지는 못했다. 내가 지금 뭘 한 거지? 잠깐 그런 생각이 들었다.

하지만 K는 마침내 웃었다. "큭큭큭!"

욕 하나하나를 곱씹어 보니 그것도 우스웠고, 놈이 욕을 먹으면서 얼마나 당황했을지 생각하니 입꼬리가 자꾸 위아래로 들썩거렸다.

K는 7번 출구를 통해 바깥으로 나왔다. 잰걸음을 놀렸다. 책방에 다다를 때까지 두어 번 멈추어 섰다. 그리고 전봇대에 등을 문

질러 댔다. 김진호의 악령처럼 아토피도 여전히 그를 괴롭혔다.

　책방 앞에서, K는 뭔가 크게 잘못되었음을 직감했다. .

　2층 방 창문에서 연기가 피어오르고 있었다. 게다가 책방도 불이 환하게 켜진 채 문까지 활짝 열려 있었다.

　3호!

　녀석이 무슨 짓을 저지른 건 아닐까? 퍼뜩 불길한 생각들이 스쳤다. K는 책방 안으로 뛰어 들어갔다. 아무도 없었다. 모니터는 소파 쪽으로 돌려진 채 꺼져 있었다. 그리고 방으로 향하는 뒷문이 열려 있었다. 그는 득달같이 달려갔다. 매캐한 연기가 더 심해졌다. 바로 기침이 났다.

　계단을 두 칸씩 뛰어올라 열린 방문 앞에 다가서자 뿌연 연기와 탄내가 코를 찔렀다. K는 손으로 연기를 휘저어 댔다. 그때, 신경질적인 목소리가 날아들었다.

　"캔디 형! 콜록콜록! 미, 미쳤어? 아니, 도대체 이래 놓고 어딜 다녀온 거야?"

　방 안을 가득 메운 연기 때문에 얼굴이 제대로 보이지 않았다.

　"왜, 왜 이러는……. 켁켁!"

　한마디 꺼내는 것조차 힘이 들었다. 눈까지 따가웠다. 정말 무슨 일이 있었던 걸까?

　"왜라니? 지금 그걸 질문이라고 하는 거야? 집 홀랑 태워 먹을 뻔했다고!"

"나, 나는 3호……."

"어딜 갈 거면 간다고 말을 하고 가든가. 라면 하나 끓여 달랬다고 나 엿 먹이려는 거야? 정말 이럴래? 자꾸 성질나게 할 거야?"

저팔계는 손에 들고 있던 스테인리스 냉면 그릇으로 K에게 삿대질을 해댔다.

순간, 놈이 무서워졌다. 김진호가 화를 낼 때 꼭 저런 기세였다. K는 문 쪽으로 물러났다. 그러다 퍼뜩 생각이 스쳤다. 3호는?

K는 두리번거렸다. 연기 때문에 자꾸 눈물이 났다. 콜록거리며 다시 사방을 쳐다보았지만, 3호는 보이지 않았다. 혹시나 해서 옷장까지 열어 보았다. 물론 거기에도 3호는 없었다.

"지금 뭐 하는 거야? 내 말 안 들려? 집에 불이 날 뻔했다니까! 내가 그놈의 라면이 궁금해서 올라와 보지 않았으면……. 어휴! 생각만 해도 끔찍하다. 근데 지금 뭐 하냐고!"

저팔계가 말끝을 높이며 소리쳤다. 하지만 K는 여전히 뿌연 연기를 헤집으며 방 안을 두리번거렸다.

"여기 아무도 없었어?"

"뭐라는 거야! 있긴 누가 있었다고 그래! 지금 나랑 장난하자는 거야? 캔디 형, 정말 이럴래?"

"아, 아니야. 그게 아니고……."

K는 얼른 고개를 저었다. 3호는 무사히 피한 모양이었다. 됐어!

그럼 된 거야! K는 스스로를 위로했다.

비로소 주방 쪽을 돌아보니 가관이었다. 가스레인지 위에는 물이 흥건했다. 뒤쪽 벽은 거뭇하게 그을어 있었고, 싱크대 설거지통에는 새까맣게 타버린 라면 냄비가 뒤집힌 채 나동그라져 있었다. 저팔계가 무슨 소동을 벌였는지 대강 알 것 같았다.

가만 생각하니, 3호란 녀석이 좀 얄밉기도 했다. 아무리 사람 눈에 띄는 게 싫더라도 가스레인지는 끄고 갔어야지. ……아, 아닌가? 그래, 아니다. 3호가 저팔계 눈에 띄었다면? 맞다. 그게 더 나빴을지 모른다.

"이제 형이 알아서 해. 아, 씨발! 야동 하나 보려다가 별 거지 같은 경우를 다 당하네!"

그러면서 저팔계는 들고 있던 냉면 그릇을 K에게 던졌다. 그는 손을 뻗어 그릇을 잡으려고 했지만 놓치고 말았다. 냉면 그릇은 방바닥에 둔탁한 소리를 내며 떨어지더니 저팔계가 나간 문 쪽으로 굴러갔다. 그리고 문턱에 걸려 멈추었다. 거의 동시에 저팔계가 다시 얼굴을 들이밀었다.

"캔디 형, 요즘 이상해. 진짜 그러지 마. 내가 지켜볼 거야."

정신줄을 놓아 버린 K는, 맥없이 고개를 끄덕였다. 그러자 저팔계는, 또 "아, 씨발!" 하면서 계단을 내려갔다.

저팔계의 발소리가 완전히 사라졌을 즈음, 이번에는 3호가 겁먹은 얼굴을 방 안으로 들이밀었다.

7

쥐 꼬리는 누가 자를까

책방에 들어오자마자 K는 컴퓨터를 켰다. 그리고 카메라에 들어 있던 SD카드를 꺼내 리더기에 꽂았다. 부반장년의 얼굴을 찍은 사진 섬네일작은 크기의 견본 이미지이 화면 위에 주르르 떠올랐다. 이틀 동안 부반장년을 따라다니면서 몰래 찍은 사진이었다.

"어때? 이 정도면 되겠어?"

말을 하고 나서 K는 옆에 서 있는 3호를 힐끗 올려 보았다. 3호는 K를 쳐다보고는 곧 외면했다. 그러면서도 고개를 끄덕였다.

K는 부반장년 사진 몇 장을 포토샵에 띄워 놓고 얼굴만 잘라

냈다. 그런 채로 저장을 하고 이번에는 인터넷을 열어 곧바로 일본 AV 사이트에 접속했다. 엉덩이가 보일까 말까 하는 교복을 입고 있는 배우들 사진, 가슴 큰 여자들이 수영복만 입고 있는 사진, 중요한 곳만 아슬아슬하게 가리고 있는 사진. 그는 여러 개의 사이트를 한꺼번에 열어 놓고 쓸 만한 사진들을 내려받기 시작했다.

그러다 K는 고개를 절레절레 저었다. 중학교 3학년짜리 아이를 앞에 두고 이런 사진을 보여 주는 자신의 모습이 한심했다. 아무리 3호가 원한 것이어도, '이건 아니야!' 하는 머릿속 울림이 컸다. K는 3호를 쳐다보았다. 녀석은 화면을 힐끗거리다가 얼른 고개를 딴 데로 돌렸다. K는 피식 웃었다.

"자, 이런 '은꼴' 어때?"

어깨 너머로 컴퓨터를 들여다보고 있던 3호에게 다시 물었다. 일본 배우가 흰색 팬티만 입고 엎드린 채 엉덩이를 들어 보이며 웃고 있는 사진이었다. 3호는 말없이 묘한 웃음을 지었다.

"그래. 덩치도 비슷하고……. 팔뚝 좀 봐. 부반장년이랑 흡사하잖아. 아까 내가 옆쪽에서 찍은 사진 중에서 부반장년이 뒤를 돌아보는 듯한 사진이 있어. 그거랑 합성하면 될 거 같아. 그리고 또 한 장은 말이지……."

K는 혼잣말하듯 중얼거렸다. 그러면서 3호가 했던 말을 떠올렸다. "……최대한 부반장년과 몸매가 비슷한 여자의 사진을 찾아야해요. 그래야 현실감이 있을 테니까요. 합성이라는 걸 알아차리더

라도 상관은 없어요. 왜냐하면 그것만으로도 충분히 쪽팔릴 테니까요. 다만 체격도 실제 부반장년과 흡사하다면, 개중에는 합성사진을 진짜로 착각하는 아이들도 있겠죠?" 그 목소리를 떠올리며 K는, 자기도 모르게 연신 고개를 끄덕였다.

그랬다. 3호의 계획은 부반장년 얼굴과 일본 AV배우 사진을 합성해서 인터넷 사이트에 올리자는 거였다.

"포털 사이트에도 올리고요, 다시 갤러리랑 일베일베저장소에는 꼭 올려 주세요." 3호는 흥미진진한 표정을 지으며 말했다.

사실 지나가는 개도 웃을 일이었다. 그래도 K는, "이게 마지막이에요!"라는 3호의 말에 어쩔 수 없이 따르기로 했다. 그런 후에도 영 찜찜해서, 꼭 그렇게 해야 하느냐고 묻자, 3호는 당당하게 말했다. "눈에는 눈, 이에는 이죠."

———————

"······부반장년이 나를 때리거나, 돈을 빼앗진 않았어요. 여자니까요. 그렇지만 개 때문에 창피를 당했던 적이 많아요. 툭하면 나한테 와서, 생리대 있느냐고 묻지를 않나, 머리핀이나 스타킹 남는 거 있음 달라고 하지를 않나······. 물론 그런 건 아무것도 아니에요. 내가 좀 기운 없어 하면, 누나가 젖 줄까, 이러면서 가슴을 막 흔들어 대는 애니까요. 대놓고, '야! 너 그거 있어? 아래에 그거 말이야! 검사해 봐도 돼? 차라리 수술하자.' 그런 말도 하더라고요."

"……."

"하루는 이런 일도 있었어요. 아침 조회 시간에 담임선생님이 들어와 말했죠. '어제 말했다시피 오늘은 6월에 생일인 사람 축하해 주는 날이에요. 점심시간에 할 테니까, 서로 선물 교환할 사람은 준비해요. 케이크는 내가 준비할 테니까.' 여선생님이라 그런지 몰라도 담임은 달마다 이런 행사를 빼놓지 않고 했어요. 어쩐지 초딩스럽긴 했지만, 아이들은 그런대로 재미있어했죠."

"너도 그때 생일이었던 거야?"

"아니요. 제 생일은 1월 달이에요. 개새의 생일이었어요."

"개새……."

K는 자기도 모르게 우물거렸다. 3호가 말을 이었다.

"그런데 하필이면 4교시가 체육시간이었어요. 땀을 엄청 흘렸지요. 축구를 하느라 이리저리 뛰어다녔거든요. 물론 난 하고 싶지 않았어요. 거친 운동이잖아요. 하지만 핑곗거리가 없었어요. 어설픈 변명을 했다가는 오히려 체육선생님의 호통을 들어야 할 테고……. 공연히 꾀병을 부렸다가 걸리면 몇 대 얻어터지거든요. 그래서 열심히 뛰어다녔죠. 물론 공은 한 시간 내내 한 번도 내게로 오지 않았어요. 반 아이들이 내게는 절대로 패스하지 않았으니까요. 아이들이 저쪽으로 뛰어, 하면 그쪽으로 뛰었고 반대편으로 달려, 하면 또 그리로 달려갔어요. 온몸이 땀범벅이었어요."

지금도 3호의 이마는 땀으로 번들거렸다. K는 닦아 주고 싶은 걸 억지로 참았다.

"4교시가 끝나자 아이들은 앞다투어 샤워실로 향했어요. 다음 시간이 점심시간이어서 더 서두르는 것 같더라고요. 저는 원래 샤워를 할 생각이 아니었어요. 그러려면 옷을 벗어야 하는데, 그럴 자신이 없었지요. 혹시라도 아이들이, 넌 왜 고추에 털도 안 났느냐고 놀려 대거나, 비누칠을 했는데 갑자기 물을 끊어 버리거나 할지 몰라서요. 사실 그런 일을 한두 번 당해 본 게 아니거든요."

"그건 나도 그랬어. 난 화장실 갈 때도 아이들이 없을 때 갔어. 오줌 누고 있을 때 등 뒤에서 밀기도 했고, 큰일 볼 때는 그 안으로 물을 뿌렸거든. 그런데 넌 샤워를 한 거야?"

"그날은……. 근데 그날은 생일 파티가 있어서 아이들이 서둘러 샤워를 마치고 교실로 돌아갔어요. 저는 주번이라 공을 체육실에 가져다 놓고 뒤늦게 샤워실에 갔는데, 마침 텅 비어 있더라고요. 서둘러 샤워를 했어요. 혹시라도 다른 아이들이 들어올까 봐 사방을 두리번거리면서 말이에요."

"다행히 아무 일도 없었구나."

"네. 샤워를 마칠 때까지는요."

"그럼, 그 뒤에 무슨 일이 생긴 거야?"

"옷이 없어진 거예요. 분명히 샤워실 사물함에 옷을 넣어 뒀는데 씻고 와서 보니까 없었어요. 누군가 허술한 자물쇠를 망가뜨리고 사물함에서 옷을 가져간 거죠. 내가 무슨 '선녀와 나무꾼'에 나오는 선녀도 아니고!"

"선녀와 나무꾼?"

웃음이 나오려 했다. K는 가까스로 참아 넘겼다.

"저는 당황해서 남의 사물함까지, 열리는 건 모두 열어 봤어요.
물론 어디에도 제 옷은 없었지요. 발을 동동 굴렀어요. 수건으로
아랫도리만 가리고 말이에요."

"설마, 그런 채로 교실로 간 건 아니겠지?"

"아니요. 빙닭이 옷을 가져다 줬어요."

"그럼, 놈이 장난친 거였어?"

"뭐, 그런 셈이죠. 내가 옷이 없어졌다고 하니까, 잠깐 기다리라
더니 옷을 가져오더라고요. 그런데 무슨 옷이었는지 아세요?"

"혹시……."

K는 짐작되는 것이 있어서 입을 움찔 움직였다. 하지만 기다려
보기로 했다.

곧 3호가 말을 이었다.

"여자 옷이었어요."

"뭐? 그, 그걸 입었단 말이야?"

"네. 개새의 생일인데, 내가 축하해 주어야 한다는 거예요. 그래
서 별수 없이 입었죠. 치마도 입고, 브라자도 했어요. 립스틱도 발
랐고요."

"……."

K는 입술을 꽉 깨물었다. 머릿속에 그림이 그려지자 참을 수 없을 만큼 화가 났다. 자기 일이 아닌데도 으스스 소름이 돋았다.

"빙닭을 따라 복도를 걷는데 아이들이 킥킥거리더군요. 손가락질하는 아이들도 있었고요."

"선생님은? 선생님은 가만히……."

K가 다시 입을 여는데, 3호가 손을 들어 말을 막았다. K는 입을 닫았다.

"교실에 들어서는데, 빙닭이 귓가에 속삭이더군요. '서프라이즈! 하고 크게 외쳐! 알았지?'"

"그, 그래서 그렇게 외쳤어? 서프라이즈, 라고?"

"네!"

"세상에……. 그래서? 그다음엔?"

"교실 안에 폭죽이 터졌어요. 꽃가루도 날리고요. 바로 앞에는 부반장년이 서 있었지요."

"……."

"부반장년이 담임한테 그러더군요. '일 년에 한 번뿐인 생일인데, 뭔가 기억에 남을 만한 파티를 해야지요. 그래서 서프라이즈를 준비했어요!' 생글거리면서 그 말을 하던 게 지금도 생생해요."

3호가 주먹을 꽉 쥐었다. 작고 흰 주먹이 앳돼 보였다.

"그, 그래?"

"네."

"정말 그게 다야? 선생님이 아무 말도 안 했어?"

"네. 그냥 저한테 여자 옷이 잘 어울린다고…… 그러더니 픽 웃으시던걸요."

"……."

"그런 채로 생일 파티가 끝날 때까지 서 있어야 했어요. 그러는 동안 반 아이들은 물론이고, 다른 반 아이들까지 창문과 문 앞에서 기웃거렸어요. 어디선가 끝없이 웃음소리가 들려왔죠."

그 말까지 마쳤을 때, 3호의 눈에는 눈물이 가득 고여 있었다.

"그랬구나……."

"지금도 그 웃음소리가 가끔 머릿속에서 들려요. 수치심……. 부반장년도 알아야 해요."

"……."

K는 더 이상 대꾸할 수가 없었다.

———————

바로 그때였다. 기계적으로 일본 여배우 사진들을 다운받고 있을 때, 뒷문 밖에서 소리가 들렸다.

"찍찍! 찌이익! 찌직!"

혹시나 하는 마음에 문을 반 뼘쯤 열어 둔 터여서 소리는 아주 생생했다.

"쥐다!"

K는 자기도 모르게 소리쳤다. 그리고 벌떡 일어났다. 의자가 뒤로 넘어갔다. 3호는 어느새 한 발 앞서서 문밖으로 나섰다. 그리고 재빨리 계단 아래로 몸을 숙였다.

"잡혔어! 저것 좀 봐! 팔뚝만 해!"

K는 2층으로 올라가는 현관의 전등을 켜고, 쥐덫을 살펴보았다. 덩치가 컸다. 뭘 처먹고 살았는지 살이 통통하게 올라 있었다. 그는 쥐덫을 2층으로 오르는 계단 입구의 전등 아래로 옮겨 놓았다. 그사이에도 쥐는 좁은 쥐덫 안을 부산스럽게 오가며 방정을 떨어 댔다.

"이 새끼 엄청 시끄럽다! 쥐가 원래 이러나?"

K는 3호를 돌아보며 물었다. 하지만 3호는 대꾸하지 않고 쥐덫을 쳐다보면서 미소만 지었다.

"개새나 빙닭이나, 누구든 여기 가둬 놓으면 딱 좋겠다. 그치?"

K는 히죽거렸다. 3호도 눈은 쥐덫에서 떼지 못한 채 씩 웃었다.

"자, 이젠 어떻게 할 거야?"

다시 3호에게 물었다. 그러자 3호가 K를 빤히 쳐다보았다. 나보고 뭘 어쩌라는 거죠?, 그런 표정이었다.

"죽, 죽여야 하는데……!"

K는 그러면서 덫 안에서 소란스럽게 움직이고 있는 쥐를 쳐다봤다. 3호는 K를 돌아보며 눈을 껌벅였다. "아, 아저씨가 하세요!" 겨우 꺼낸 말이 그거였다.

"아냐! 네가 해. 개새라고 생각하고 꼬챙이로 푹 쑤셔. 네가 그렇게 한다며."

K가 눈을 부릅뜨고 말했지만, 3호는 또 고개를 저었다. "왜? 왜 못 해? 상상만 하는 건데 어때!"

"그럼 아저씨가 하세요. 저팔계 생각하면서……."

저팔계라는 말 때문에 K는 더 이상 3호를 다그치지 못했다.

K는 한참 만에 입을 열었다. "네 말대로 꼬리를 잘라야겠지!"

3호는 고개를 끄덕였다. 하지만 그러고 그만이었다. K도 쥐덫 안에서 소란을 떨고 있는 쥐를 쳐다볼 뿐 엄두를 내지 못했다.

쥐는 잔뜩 겁을 집어먹은 채 여전히 요동을 치고 있었다. 이제는 주둥이를 철망 사이로 내밀고 큰 소리로 울기도 했다. "찍찍! 찌이익, 찍!"

쥐가 워낙 거칠게 움직여서 쥐덫이 이리저리 흔들렸다. 바로 그때였다.

"캔디 형! 어딨어? 가게 문 열어 놓고 또 어딜 간 거야?"

저팔계의 목소리였다. 아차! 싶었다. K는 벌떡 일어났다. 쥐덫을 얼른 계단 아래로 밀어 놓고 책방으로 들어갔다. 그런데 아뿔싸! 저팔계가 컴퓨터 앞에 앉아 있었다.

"우히히! 이거 뭐야? 우리 캔디 형, 야사^{야한 사진} 좋아하는구나? AV 마니아인 모양이네! 그런데 지난번 야동 볼 때는 왜 그렇게 뺐어?"

어느새 저팔계는 K가 켜놓은 모니터 위의 일본 야사를 하나씩 클릭하고 있었다. 이물스러운 새끼!

"아니야! 나는 그냥……."

"와! 우리 캔디 누나, 이제 정말 남자가 됐구나."

저팔계는 음흉한 미소로 K를 쳐다보았다. 순간 뒷머리가 쭈뼛섰다. 이 새끼가 정말! K는 주먹을 쥐었다가 폈다. 그리고 말했다.

"저리 비켜! 지울 거야!"

하지만 저팔계는 버텼다. 물러나지 않았다.

"가만있어 봐. 나도 좀 보자. 근데 형 뒤에서 딸딸이 치고 온 거야? 왜 이렇게 얼굴이 빨개?"

"내, 내가? 아, 아니야!"

"괜찮아. 뭐 어때? 같은 남자들끼리! 더구나 형은 마누라도 없잖아. 큭큭!"

"아니라니까!"

"아무튼 우리 캔디 형, 은근히 호박씨 깐단 말이야!"

저팔계는 쉬지 않고 이기죽거렸다. '우리'라는 말 때문에, '캔디'라는 말 때문에, K는 놈의 목을 조르고 싶었다.

"이런 거 좋아하면서 지난번엔 왜 아닌 척했어. 라면까지 그 지경으로 만들고! 아, 그 생각하니까 또 열 뻗치네."

번번이 K의 말을 무시하며 지부럭거리던 저팔계는 라면 이야기를 하면서 눈에 힘을 주었다. K는 찔끔 놀라 시선을 피했다.

"아냐, 아냐! 그냥 그렇다고. 음, 그나저나 어디 자세히 좀 보자! 휴! 소싯적부터 내가 이쪽에 전문가였잖아. 크크크큭! 우와! 형, 정말 장난 아닌데?"

저팔계는 사진을 한 장씩 넘겨보면서 연신 히죽거렸다. K는 아무 말도 하지 못했다. 어떻게 할 수도 없었다. 화끈거리는 얼굴을 연신 매만질밖에는.

쥐는 좀처럼 죽지 않았다. 저팔계가 돌아간 뒤, 쥐를 꺼내 눈을 질끈 감고 김진호와 병수, 규종이를 생각하면서 두 번쯤 패대기를 쳤다. 하지만 그런 뒤에도 숨이 끊어지지 않았다. 하는 수 없이 대걸레로 내리치자 찍찍 소리를 냈는데, 피를 흘리면서도 여전히 죽지 않았다. 그래서 K는 저팔계를 떠올리며, 또 몇 번을 두들겨 댔다.

"아, 아직 안 죽었어. 어쩌지……. 잡아!"

K는 뒤에 서 있는 3호에게 말했다. 하지만 3호는 꼼짝도 하지 않았다.

"잡아! 잡아서 죽여!"

K는 다시 소리쳤다. 하지만 3호는 오히려 뒤로 물러났다. 그럴수록 K는 화가 났다.

"뭐해? 네가 잡아야지. 너 때문에 이러는 거잖아. 어서 잡아!"

그래도 3호는 앞으로 나서지 않았다. K는 더 크게 소리쳤다.

"내 말 안 들려? 쥐 새끼 하나 잡아 죽일 용기도 없으면서 무슨 복수를 한다고 그래? 어서 잡아! 야! 3호! 개새라고 생각하고 대가리를 짓이겨!"

"……."

3호는 말이 없었다. 눈빛만 반짝거렸다. 자세히 보니 3호의 눈가는 촉촉이 젖어 있었다.

"아! 미치겠네, 이거!"

K는 발을 동동 굴렀다. 자꾸만 도시락 안에 파묻혀 있던 새빨간 쥐가 생각났다.

……규종이는 생쥐를 잡아 K의 등에 집어넣기도 했다. 쥐는 K의 등을 이리저리 돌아다니다가 허리와 손을 깨물더니 바닥으로 툭 떨어졌다. 그걸 규종이가 발로 밟아 죽였다. 쥐는 내장이 튀어나오고 주둥이가 뭉개졌다. K는 또 구토를 할 뻔했다…….

어떻게 해야 좋을까? K는 두리번거렸다.

"도, 도망가요. 아저씨, 쥐, 쥐가 도망가요! 저거, 저거……!" 3호가 소리쳤다. 녀석은 안절부절못하고 발을 동동 굴렀다. 그러더니 계단 위로 훌쩍 뛰어 올라갔다.

"우어! 무슨 이런……."

그때, 양동이가 눈에 띄었다. K는 얼른 양동이를 집어 들었다. 그것을 달아나는 쥐에게 덮어씌웠다. 그리고 그 위에 올라앉았다.

"돼, 됐어. 일단은 이걸로 덮어 놓으면 돼. 그런데……."

틱! 티틱! 틱!

양동이 안에서 쥐가 움직이는지 소리가 났다. K는 벌떡 일어났다. 그리고 뒤로 두 걸음 물러났다. 그런 다음 양동이를 지켜보았다. 드르륵 드르륵. 또 소리가 났다. 그러면서 양동이가 조금씩 움직였다. K는 양동이를 발로 밟았다. 이번에는 툭툭 소리만 났다.

K는 다시 두리번거렸다. 그리고 오래돼서 내버리려고 묶어 놓은 책 꾸러미를 가져왔다. 그것을 양동이 위에 올려놓았다. 양동이는 더 이상 움직이지 않았다. 안에서 소리만 들렸다. "찌익, 찍!" 하는 소리와 양동이에 툭툭 부딪치는 소리.

K는 3호에게 말했다. "쥐 꼬리는 네가 잘라!"

하지만 3호는 꼼짝도 하지 않았다. K의 얼굴만 멀뚱멀뚱 쳐다보았다. 실뚱머룩한 표정.

"못 들었어? 쥐 꼬리는 네가 잘라! 어서!"

K가 다그치자 3호는 옴씰하며 뒤로 물러났다. 그러고는 고개를 저었다.

K는 화가 났다.

"왜 이런 것까지 내가 해야 되는 거지? 이건 네 일이잖아. 네 문제란 거 잊었어?"

"……."

"그래, 알아! 너랑 약속했어. 그렇지만 전적으로 나한테만 맡겨 놓는 건 좀 심하지 않아? 너도 뭔가는 해야 할 거 아니야!"

주눅이 든 것일까? 3호는 고개를 숙였다. 하지만 K는 그런 나약

한 모습조차 마음에 들지 않았다.

"왜 이런 일 하나 못 해! 너 바보야? 이럴 거면 가버려. 이제 갈 때도 됐잖아. 나도 힘들었어. 그래도 지금까지 잘 버티고 살아왔다고. 너도 그냥 적응하고 살아. 그럼 되잖아. 그냥 그러려니 하라고. 그게 안 돼?"

3호의 고개가 더 깊이 수그러졌다. 그래도 K는 멈추지 않았다.

"도대체 내가 무슨 짓인지 모르겠다. 너 때문에 내 생활이 엉망이 됐잖아. 집에 불까지 날 뻔했어. 뭐? 복수? 솔직히 개새나 빙닭은 그렇다고 쳐. 부반장년은 뭐야? 얼마나 멍청하면 여자애 하나 어쩌지 못해서……. 휴! 이래서 뭐가 달라지는데?"

정말 가려는 걸까? K가 거칠게 몰아붙이자 마침내 3호가 몸을 돌렸다. 하지만 그뿐이었다. 어깨를 들썩이는 것으로 보아 울고 있는 건지……. 하지만 K는 그런 3호의 등에 대고 한마디 더 했다.

"그래. 가. 나도 이젠 못 하겠어. 자신 없어. 너나 나나, 이제 받아들이자. 그냥 운명이나 뭐, 그런 것쯤으로 생각하면 되지 않을까?"

그러고 K는 2층으로 올라갔다.

가슴이 마구 뛰었다. K는 방바닥에 털썩 주저앉았다가, 다시 일어났다. 그리고 방 안을 서성거렸다. 3호를 처음 방에 들였던 그날처럼……. 내가 너무 심하게 말했나? 아니야. 무조건 나한테만 의지하려는 녀석도 문제가 있는 거야. 그렇다고 중딩한테 소리 지르고 다그친 건 좀……. 맞아. 그냥 내가 후딱 해버리면 되는데! 시,

싫어! 쥐는 정말 싫어. 쥐도 싫고, 저런 약해 빠진 3호란 놈도…….
아니야. 그게 아니고……. 몰라! 화가 나! 화가 난다고! K는 연신
서성거렸다. 그러다가 풀썩 주저앉았다.

얼마쯤 지났을까? 문밖에서 바스락거리는 소리가 들렸다. K는
가만히 귀를 기울였다.

"아저씨, 나한테 왜 이러는 거예요?"

바람 소리가 섞여서 그런 걸까. 3호의 목소리가 떨렸다.

"……."

"내가 누군지 알고 이러는 거죠? 맞죠?"

무슨 말을 하는 걸까. 아니, 무슨 말을 하고 싶은 걸까?

K는 대꾸하지 않았다.

3호의 목소리는 더 이상 들리지 않았다.

잠시 후, 목소리 대신 바람 소리가 휘잉, 문틈을 스치고 지나갔
다. 그리고 곧 계단을 내려딛는 소리가 들려왔다.

8

악마를 잡아라

"악마 잡으려고요. 대기 인원 많아요?"

계산대의 종업원이 뭐 하실 건가요, 라고 물었을 때, K는 주저하지 않고 그렇게 대답했다. K는 자신의 목소리가, 그리고 표정이 충분히 자연스러웠을 거라고 확신했다. 씩 웃기까지 했으니까. 약간 건들거리며 게임폐인 흉내도 냈고. K는 그런 자신이 대견스럽기까지 했다.

"지금 시간엔 여유 있으세요. 흡연석 드려요?"

"뭐, 그럽시다."

종업원의 질문에 K는 고개를 끄덕이며 말했다. 이번 말투에도 만족했다. 마음은 서두르고 있었지만, 심드렁한 척! 최대한 거드름을 피웠다. 침착, 그리고 여유! 속으로 그런 단어들을 뇌까리면서. 그는 비로소 푹 눌러썼던 모자의 창을 조금 위로 들어 올렸다.

"그럼, 19번 컴퓨터로 가세요." 종업원이 모니터를 잠시 쳐다보더니 K에게 말했다.

담배 냄새에 찌든 것만 빼면 자리의 위치도 괜찮았다. 적당히 구석진 곳이었고, 계산대 쪽에서도 잘 안 보일 것 같았다. 근처의 22번, 23번 컴퓨터에 사람들이 앉아 있었지만, 그들은 게임에 빠져 K에게는 눈길조차 주지 않았다.

19번 자리에 앉았을 때, 컴퓨터는 이미 부팅이 되어 있었다.

DIABLO Ⅲ

빨간 글자가 도발적으로 번쩍거렸다. 여차하면 화면 바깥으로 튀어나올 기세였다. K는 붉은 기운이 감도는 화면의 한가운데를 넋 놓고 쳐다보았다. 하지만 그는 입맛만 다셨다. 왜냐하면 이 게임을 단 한 번도 해본 적이 없으므로. 그가 할 줄 아는 게임은, 벽돌깨기나 테트리스……. 그도 아니면 고스톱이나 마작 정도였다. 아, 앵그리 버드도 있다!

디아블로 Ⅲ는 글로 배웠을 뿐이다. 그것도 고작 한 시간 전에.

인간 세계를 정복하려는 악마들과 싸우는 다섯 영웅들의 이야기. 일단 그 다섯 명의 영웅 중에서 하나의 캐릭터를 선택하면, 모험이 시작된다. 전투는 치열하고 잔인하며, 죽여도 또 죽여도 적은 끝임없이 예상치 못한 곳에서 또 나타난다. 그때마다 영웅은 자신이 가지고 있던 힘과 기술, 그리고 새로운 아이템을 얻어 적을 물리치는 것이다……. 도대체 뭐라고 씨부리는 건지!

책방을 드나드는 아이들은 그 게임을 하는 걸, '악마 잡으러 간다'고 했다. 물론 K는 애들이 저희끼리 하는 이야기를 들었을 뿐이지만.

한번 배워 보고 싶기는 했다. 화면 전체를 가득 채운 음울한 배경, 당장이라도 사자(死者)가 살아 나올 듯한 폐허의 고대 도시, 괴수라는 표현도 왠지 부족해 보이는 악마의 기기묘묘한 모습들, 선혈이 낭자한 전투, 잔인한 살해, 대량 학살……. 제대로만 할 수 있다면 흥미진진할 것도 같았다.

K는 옆자리 사람들의 눈치를 보면서 게임을 살폈다.

마음에 드는 캐릭터는 악마 사냥꾼. 악마들에게 가족이 몰살당하는 장면을 목격한 나약한 소녀, 결국 살아남은 자들의 손에 이끌려 혹독한 훈련 과정을 거쳐 살인 병기로 거듭난다. 그녀는 복수에 대한 분노와 증오의 갈증이 누구보다 심해서 곳곳에 있는 악마를 찾아내 몰살시킨……단다. 뭐, 그럴듯하네. 요즘 내가 좋아하는 스토리이기도 하고. K는 고개를 끄덕이며 씩 웃었다.

K는 슬그머니 게임 화면을 내렸다. 그리고 인터넷에 접속했다. 주머니에서 USB를 꺼내 포트에 꽂았다. 이때부터 K의 손놀림이 빨라졌다.

인증된 사용자만 접근할 수 있습니다. 가입하시겠습니까? ☞ YES

주민번호를 입력하세요. ☞ ****** ─ *******

제목: 우리 학교 학생 누굴까?

본문 내용: 알아맞혀 보세용~

첨부 파일: 부반장년1.jpg 부반장년2.jpg 부반장년3.jpg

업로드를 완료하였습니다.

눈앞의 모니터에 여러 개의 팝업창과 이런저런 경고 메시지들이 문득 나타났다가 휙휙 사라졌다.

K는 사진이 제대로 업로드되었는지 재차 확인하고, 재빨리 게임 화면을 띄웠다.

"됐어!"

K는 주먹을 꽉 쥐었다. 속으로도 말했다. 3호, 이제 됐지? 그러니까 죽지 마. 알았지? 난 최선을 다했단 말이야.

"자, 이제 게임을 해볼까?"

고개를 끄덕이며 K는 혼자 중얼거렸다. 물론 어떻게 시작하는지조차 알 수 없었다. 그래도 해야만 했다. 너무 빨리 일어나면 종업원이 이상하게 생각할지 모르니까. 아침 시간이라 더더욱 그러할 터. 하지만 정작 접속해 놓고 K는 무엇부터 해야 할지 몰라 화면만 뚫어지게 쳐다보았다.

젠장! 이건 갤러그 수준이 아니다. 벽돌 깨기 수준은 더더욱 아니었다. 종업원한테 물어볼까? 그건 안 될 말이었다. 한껏 거드름까지 피우며, '악마 잡으러 왔다'고 해놓고, 게임 방법을 물어본다? 그거야말로, '나는 수상한 놈이요!' 하는 것과 다름없는 일.

다시 디아블로 게임 화면을 내렸다. 그리고 인터넷 포털 사이트에 접속했다. 검색창에 '디아블로 게임 방법'이라고 쳤다. 화면에는 게임하는 방법에 대한 정보가 주르르 떴다. 그중에서, '디아블로 3 게임 방법: 사놓고 시작을 못 하네요!'라는 질문이 눈에 띄었다. K는 피식, 웃음이 나왔다. 너나 나나!

그때였다.

"저기 혹시 괜찮으면 게임 같이 하실래요?"

언제 다가왔을까? K는 고개만 돌렸다. 자주색 파카였다.

"저는 아직 초보라서……."

그렇게 말하면 금방 돌아갈 줄 알았다. 그런데 자주색 파카는 계속 서성거리다가 허리를 숙여 K의 얼굴을 쳐다보았다. 그러더니 아예 어깨까지 짚었다.

"어? 캔디 형! 웬일이야? 옆모습이 그런 것 같더라니!"

K는 깜짝 놀라 고개를 들었다. 저팔계가 서 있었다. 가슴이 철렁 내려앉았다.

"그렇게 모자를 눌러쓰고 있어서 긴가민가했어. 근데 형도 악마 잡아? 이야! 신세대네."

"여, 여긴……?"

"나? 난 우리 딸내미 요 앞 학원 데려다 주고 끝날 때까지 기다렸다 데려가려고."

"그, 그래?"

"응. 이 동네 골목길도 흉흉하고……. 요즘 또 소문이 안 좋잖아. 엊그제도 골목에서 상우중학교 일진들이 지나가는 애들 돈 뺏고 뭐 그랬대서……. 아무튼 기다리는 동안 게임 좀 하려고!"

속으로 웃음이 나오려고 했다. 야! 솔직히 나는 그 애들보다 저팔년이 더 무서워, 알아? K는 그렇게 말하고 싶은 것을 억지로 참았다.

"아아, 그, 그렇지!"

"그런데 왜 그렇게 놀라? 뭐, 나쁜 짓이라도 했어?"

저팔계가 K의 배를 쿡 찔렀다.

"노, 놀라긴!"

"그래? 아님 말고! 그럼, 같이 악마 잡을래?"

"아, 아냐! 나, 난 할 줄 몰라!"

가슴이 심하게 뛰고 있었다. K의 머릿속에는 얼른 나가야 한다는 생각밖에는 없었다.

"그런데 왜 디아블로를……. 아, 배워 보게?"

"어? 어, 그랬는데 복잡해서 하나도 모르겠어. 나, 난 그만 나가 봐야겠어."

급히 일어나느라 의자가 뒤로 확 튕겨 나갔다.

"왜 그래? 바쁜 일 있어? 책방은 12시쯤 열면 되잖아. 이제 겨우 10시 반밖에 안 됐어."

"아니야. 책도 좀 정리해야 하고……."

K는 말을 다 맺지 못하고 의자 사이를 헤치고 계산대로 갔다. 돈을 내고 서둘러 피시방을 나왔다.

"저 새끼는 뭐야?"

욕이 나왔다. K는 길가에 침을 퉤퉤 뱉었다. 지나가던 여학생 하나가 깜짝 놀라 옆으로 비껴갔다.

걸음을 빨리했다. 저팔계가 뒤쫓아 올 것만 같았다. 그럴 리 없다고 생각하면서도 골목길로 접어들었을 때는 아예 뛰었다. 혹시라도 누가 맞은편에서 다가오다 부딪힐 수 있는데도 K는 속도를 늦추지 않았다.

'아, 괜한 짓을 한 건가? 설마 저팔계가 눈치채지는 못했겠지?'

K는 자꾸만 후회가 됐다. '아, 그냥 어제 끝냈어야 했나?'

물론 그럴 생각이었다. 그런데 밤새 흉흉한 꿈에 시달리고 새벽 6시쯤 잠에서 깼을 때, 3호의 모습이 보이지 않았다. 녀석이 밤새 돌아오지 않은 거였다. 처음에는 곧 돌아올 거라고 생각했다. 그동안에도 자주 사라졌다가 또 금방 나타나곤 했으니까. K는 방바닥에 누워서 이리저리 뒤척이며 바깥의 인기척에 귀를 기울였다.

하지만 7시, 8시가 되도록 녀석은 돌아오지 않았다. 결국 K는 녀석이 가버렸을지도 모른다고 단정해 버렸다.

무덤덤해지려고 애썼다. 일부러 아무 일도 없었던 것처럼, 능청스럽게 혼자 밥도 해먹었다. 신문을 보면서 커피도 한잔 마셨더랬다. 그러는 동안 3호가 문밖에서 했던 말이 떠올랐다. "내가 누군지 알고 이러는 거죠? 맞죠?"

그 말 때문인지 몰라도, 정말 3호를 본 적 있는지도 모른다는 생각이 들었다. 그렇다면 어디서 마주쳤을까? 골목에서 본 게 처음이 아니라면, 책방을 드나드는 수많은 아이들 중 하나일 확률이 가장 높았다. 그중에서 녀석은 K가 기억하지 못하는 어떤 실큼한 일로 인해 K와 엮여 있는 게 틀림없었다. 외상으로 책을 빌려 달라는 걸 단칼에 거절한 녀석이든지, 아니면 연체를 오래 해서 입장 바꿔 생각해 보라며 5분이 넘도록 꾸중했던 녀석, 아니, 빌려 갈 책을 고르는 척하면서 열댓 권을 후다닥 해치우고 번번이 달랑 한 권만 빌려 가기에, 양심도 없다며 잔소리를 늘어놓았던 그 녀석인지도 모른다. 그래. 그런 일이 있을 때마다 골목길을 다닐 때, 누군가 뒤를 쫓는 기분이 들어 흠칫 돌아본 적도 있었지. K는 가슴이 답답해서 길게 숨을 내쉬었다.

하지만 그것도 아니라면? 설마, 더 오래된 기억까지 더듬어야 하는 건가? K는 고개를 저었다. 머리가 지끈거렸다. 혹시 녀석도 나와 같은 상처를 가지고 있어서 낯익다고 느낀 건 아닐까? 그렇다면 크게 문제될 건 없겠지만……

좀처럼 결론이 나지 않았다. 다만 분명한 건 있었다. 녀석이 이제 가버렸다는 것, 그러므로 더 궁금해할 필요가 없다는 것.

차라리 다행이라는 생각이 들었다. 그렇지 않아도 언제부터인가 녀석이 부담스러워지기 시작한 게 사실이었다. 맞다! 파렴치한 범죄자까지 되어 가면서 녀석을 달래 주어야 하는 이유가 뭐람? 처음 녀석을 모른 척한 것 때문에, 유치하기 짝이 없는 장난에 시간을 낭비하다니……. 맞다! 이런 우스운 짓거리들은 되도록 빨리, 지금 당장 끝내는 게 좋다, 라고 K는 생각했다.

그렇게 자신을 타이르면서 K는 청소부터 했다. 녀석의 흔적을 지우고 싶었는지도 모른다. 그러다가 K는 녀석이 책상 위에 두고 간 공책을 발견했다. '제 별명이 왜 3호냐고 물으셨지요?' 녀석의 글은 그렇게 시작되었다.

제 별명이 왜 3호냐고 물으셨지요?

어느 날, 난 빙닭에게 물었어요. 왜 하필 나냐고, 다른 아이들도 있는데 왜 나한테만 이러느냐고. 딴에는 정말 용기를 내서 물었던 거였어요. 그랬는데 다짜고짜 머리통부터 한 대 때렸어요. 그런 뒤에, "알고 싶어?"라고 묻더군요. 나는 고개를 끄덕이고 대답을 기다렸죠. 놈은 씩 웃더니 이렇게 말했어요.

"그냥! 그때 하필 네가 그 자리에 있었을 뿐이야."

잠시 머리가 띵했어요. 다시 물었죠.

"그때라면 언제를 말하는 거야?"

"우리가 3호를 찾고 있을 때!"

"3호? 그런데 왜 날 3호라고 부르지? 1호, 2호도 있어?"

빙닭은 인상을 찌푸렸어요. "정말 귀찮게 할래? 1호는 이민 갔어. 2호는…… 기억 안 나? 너 처음 기절놀이 할때. 잘 생각해 봐."

"기절놀이……."

당연히 기억났어요. 3학년 봄이었죠. 4월 하순쯤 되었을 거예요. 그 무렵에 중간고사를 봤거든요. 그날 나는 교실에서 늦게 나왔어요. 청소 당번이었던 데다가 선생님 심부름을 하느라 시간이 더 지체되었던 거예요. 이미 복도는 어두해지고 있었죠. 밖으로 나오니 서편에 노을이 아주 붉었어요. 그 노을을 등지고 교문으로 향했어요.

교문을 막 나서려는데 누가 날 부르더라고요. 돌아보니 네 명이 서 있었는데……. 그래요. 거지독사, 빙닭, 개새. 나머지 한 놈은 기억이 잘 안 나요. 그 녀석은 망을 보는 것 같았어요. 자꾸 주위를 두리번거리며 서성거리더라고요.

개새는…… . 원래는 개새끼를 줄여서 부르던 별명이었어요. 그런데 요즘 인터넷에 돌아다니는 개새 아시죠? 개의 몸통에 새 대가리를 합성한 괴물이요. 놈을 보면, 실제로 몸집은 통통한데, 역삼각형의 얼굴을 한 데다가 덧니 때문에 주둥이가 툭 튀어나와서 정말 개새처럼 생겼어요. 누가 그 별명을 지었는지 몰라도 선견지명이 있는 거죠. 빙닭도 마찬가지예요. 빙어와 닭을 합성한 별명이죠. 처음엔 닭대가리였는데, 나중에는 빙닭으로 부르기 시작했죠. 수학 문제를 풀어 주고 끝이어 같은 유형의 문제를 내면, 몰라요. 그러곤 안 배웠다고 우겨요. 거지독사요? 한번 말하지 않았나요? 먹는 것 무지 밝힌다고. 정말 거지 같은 놈이에요. 아무거나 달래요. 연필도 달라고 하고, 스케치북도 달라고 하고, 심지어 옷도, 양말도, 어떤 때는 팬티까지 달라고 해요. 변태 같은 자식! 그런데 하는 짓은 표독스러워요. 그래서 거지독사라고 부르나 봐요.

아무튼 교문 앞에서 걔네들은 무슨 이유에서인지 모르지만, 나를 부르더니 다짜고짜 이런 말을 했어요.

"넌 이제부터 3호야. 우리들의 3호! 알았지?"

나는 멍하니 셋을 쳐다보았지요.

"뭘 그렇게 놀라? 그냥 친구하자는 건데! 이리 와봐!"

그러더니 다짜고짜 나를 골목 안으로 데려갔어요. 아시죠? 그 골목 말이에요.

"자! 신고식부터 하자."

개새가 말했어요. 옆에서 빙닭과 거지독사가 씩 웃었어요. 그러더니 양쪽에서 나를 꽉 붙잡았어요. 뒤미처 개새가 뒤로 오더니 목을 조르기 시작했어요. 순식간의 일이라 어쩌지도 못하고 고스란히 목을 내놓을 수밖에 없었지요.

"어억, 억! 왜 그래. 왜……. 그만둬…….."

왜 그래. 왜. 그만둬. 나는 그렇게 말하고 있었지만 소리가 입 밖으로 나올 리가 있나요. 아마 소리를 질렀다고 해도 셋은 못 들은 척했을 거예요.

나는 발버둥쳤어요. 손과 발, 팔과 다리를 휘저었죠. 하지만 소용이 없었어요. 아무리 온몸을 비틀고 빠져나오려고 해도 도무지 그럴 수가 없었어요.

"거억! 컥컥!"

잠시 후에는 그 소리조차 나오지 않았어요. 팔다리의 힘도 풀려 갔어요. 그리고 갑자기 숨을 쉴 수가 없었어요. 눈을 감았지요. 얼핏 무지개를 본 것 같아요. 아, 별이었나?

그리고 얼마나 시간이 지났을까요? 정신이 돌아왔을 땐 거지독사가 연신 내 뺨을 두들겨 대고 있었어요. 빙닭 목소리도 들렸고요. "야, 새꺄! 일어나! 정신 차리라고! 빨랑! 너무 세게 조른 거 아니야?"

그때, 내가 눈을 떴죠. 뺨이 얼얼했어요.

"이제야 눈 떴네. 뒈진 줄 알았잖아. 빨리 일어나, 씹새야!"

거지독사가 나를 일으켜 세웠어요. 개새가 앞으로 나섰지요.

"3호! 넌 이제부터 3호야. 알았지?"

나는 아무 말도 할 수가 없었어요. 입이 떨어지지 않았거든요. 팔다리를 움직일 힘조차 없었어요. 그런 중에 놈들의 얼굴을 하나씩 돌아보았죠. 개새와 빙닭, 거지독사. 망을 보던 또 한 녀석의 얼굴은 끝내 기억이 나지 않네요.

맞아요. 그 녀석이 2호였다는데, 도대체 어떻게 된 일인지 알 수가 없어요. 물론 중요한 건 그게 아니었지요. 중요한 건 나는 운이 지지리도 없었고, 그 때문에 3호가 되었다는 거예요.

3호가 그런 뜻이었다니!

몸이 부르르 떨렸다. 그래서 K는, '이제 그만하자!' 하는 마음의 울림을 무시하고 다시 컴퓨터를 켰다. 그리고 합성사진을 편집해 나갔다. '이건 애초에 3호랑 약속했던 거니까!' 스스로에게 그렇게 말하면서……

K는 책방 문을 열고 안으로 들어가서 다시 셔터를 내렸다. 아직 책방을 열고 싶지 않았다. 저팔계의 말대로 좀 이른 시간이기도 했고, 내심 저팔계가 들이닥칠까 봐 겁이 나기도 했다.

셔터를 내리자 책방 안이 캄캄해졌다. 전등을 켤까 하다가 그만두었다. 앞을 가늠하지 못할 정도는 아니었다. K는 소파에 털썩 주저앉았다. 소파에 묻어 있던 찬 기운이 온몸에 흠씬 배어들었다.

'설마 보진 않았겠지?'

여간 찝찝한 게 아니었다. K는 아랫입술을 씹으며 고개를 갸웃 거렸다. 혹시 봤으면? 그러자 또 이런 생각이 들었다.

'내가 지금 잘하고 있는 걸까?'

K는 스스로에게 묻고 잠시 아랫입술을 씹었다. 하지만 곧 고개 를 끄덕였다. 됐어. 괜찮아. 어차피 엎질러진 물이야. 3호가 없어서 아쉽긴 하지만. 그래. 일단 방에 올라가서 한숨 자야겠어. 사진을 합성하느라고 신경을 썼더니 피곤해. 책방은 천천히 열지 뭐.

K는 뒷문으로 나갔다. 그때 책 꾸러미에 눌려 있는 양동이가 눈 에 들어왔다.

"쥐다……."

중얼거리면서 잠시 서 있었다. 그리고 한참 만에 다가가서 양동 이를 발로 툭툭 찼다. 그리고 귀를 기울였다. 안에서는 아무런 소 리도 들리지 않았다.

책 꾸러미를 내려놓고 그 앞에 앉았다. 그리고 조심스럽게 양동 이를 들었다. 아주 조금씩, 조금씩!

있었다. 3호와 함께 잡은 쥐. 그런데 하필이면 대가리부터 보이 기 시작했다. 놈은 눈을 반쯤 뜬 채 죽어 있었다. K는 다시 양동이 를 덮었다.

'소용없잖아? 3호는 이미 집으로 돌아갔는데…….'

K는 고개를 끄덕이고 일어났다. 그리고 2층으로 올라갔다.

방 안이 엉망이었다. 청소를 하다 말고 뛰쳐나간 탓이었다. K는 방바닥에 널려 있는 옷가지부터 주워 옷걸이에 걸었다. 그런데 그 옷들 사이에서 빨간 목도리가 흘러내렸다. 그는 목도리를 집어 들었다. 그리고 잠시 동안 멍하니 서 있었다. 잠깐이었지만 3호의 얼굴이 떠올랐다가 사라졌다. 그는 고개를 저었다. 빨간 목도리를 의자 등받이에 걸어 놓고 돌아섰다.

K는 뚜껑이 열린 채 식탁 위에 놓여 있는 김치통을 닫아 냉장고에 넣고, 빈 그릇은 싱크대의 설거지통에 담았다. 그런 다음 창문을 열었다. 차가운 공기가 단박에 몸을 휘감았다. 그는 창 쪽을 바라보고 숨을 크게 들이쉬고, 또 내쉬었다. 서너 번쯤 반복하고 청소기 전원을 켰다.

위이이이잉!

기계 소리가 적막을 빨아들이기 시작했다. 식탁 아래, 소파 아래, 숨어 있는 먼지까지 쭉쭉 빨아 당겼다.

청소기로 창틀의 먼지까지 훑어 낸 뒤에 걸레를 빨아 와 사방을 닦았다. 방바닥은 물론 생전 손대지 않던 책꽂이와 3단짜리 컬러박스 장식장까지 닦았다. 대학에 입학할 무렵 누나에게 선물받은 백설공주 오르골 위에 먼지가 뽀얗게 앉아 있었다. 오르골 태엽을 감았다 푸니 피아노 음악이 흐르면서 백설공주가 춤을 췄다. 처음 그것을 받았을 때는 너무나 신기해서 온종일 태엽을 풀었다가 감았다가 한 적도 있었다.

K는 오르골에서 나오는 음악을 들으며 잠시 앉아 있었다.

오르골 음악이 끝날 때쯤, K는 다시 일어나 책상 위를 닦았다. 책상 위 곳곳에 커피 잔 자국이 나 있었다. 여러 번 문질러서 자국을 지우고, 읽다가 펴놓은 3호의 공책을 덮어 서랍에 넣었다.

그런데 서랍 한구석에 있는 낯익은 편지 봉투들이 눈에 띄었다. 3호의 이름으로 개새와 빙닭, 거지독사와 부반장년에게 보내는 편지들이었다. 그것들을 처음 보았을 때, 가슴이 서늘했던 기억이 되살아났다.

K는 한동안 편지들을 만지작거렸다. 봉투 하나를 열어 다시 읽어 보았다. 먼저 갈게. 이제 만날 일 없을 거야. 유독 그 글자들이 눈앞에서 불꽃처럼 튀었다.

결국 K는, 오늘 아침과 똑같은 생각을 하고 말았다.

'그래! 이건 3호가 없더라도 지켜야 하는 약속이야.'

K는 주먹을 꽉 쥐었다. 그리고 밖으로 나갔다. 계단을 내려오면서 책 꾸러미로 덮어 놓은 양동이를 똑바로 바라보았다.

양동이를 마주 보고 앉았다. 숨을 몰아쉬고, 책 꾸러미를 내려놓았다. 그리고 양동이를 들어 올렸다.

발끝으로 죽은 쥐를 툭 건드려 보았다. 딱딱한 느낌이 와 닿았다. 잠시 후, K는 주먹을 불끈 쥐고 일어났다. 계단 아래 창고로 가서 공구함을 가져왔다. 그리고 빨갛게 녹슨 가위를 꺼내 들었다.

K는 가윗날을 쥐 꼬리의 중간쯤에 갖다 댔다.

가윗날에 무엇인가 물리는 느낌은 들었지만, 그뿐이었다. 날이 무뎌서 그런지 꼬리는 잘리지 않았다. K는 고개를 돌린 채 좀 더 힘을 주었다. 그래도 마찬가지였다.

"아, 씨! 제발 좀……."

다시 한 번 힘을 주었다. 역시 꼬리는 잘리지 않았다.

K는 씩씩대며 2층 방으로 올라갔다. 주방에서 칼을 꺼내 들고 다시 내려왔다. 그리고 쥐 꼬리 가운데 부분을 칼로 탁탁 쳐댔다.

"죽어! 죽으란 말이야! 어서 죽어!"

고개를 돌린 채 소리를 치며 난도질을 해댔다. 열댓 번쯤. 그동안 진호와 병수, 규종이의 얼굴이 떠올랐다가 사라졌다. 조미영의 투덕투덕한 얼굴도 목소리와 함께 한참을 머릿속에 머물다가 갔다. 물론 저팔계도 서너 번 얼굴을 들이밀었다.

한참 만에 K는 고개를 돌렸다. 쥐 꼬리는 새끼손가락 두 마디 길이만큼 잘려 있었다.

"됐어!"

K는 씩 웃었다. 별것도 아닌 것이……. 나중에는 헛웃음이 났다.

9

털북숭이 캔디 아저씨

K는 가슴이 벌렁거려서 연신 가슴을 쓸어내렸다. 댓글을 하나하나 읽을 때마다 미간을 좁히고 눈을 크게 떴다.

피부암통키: 못생긴 게 관심 받으려고 별짓을 다하네.

발광머리앤: ㄷㄷㄷ 승가에 고무풍선을 넣었나? 발랑 까진 년 같으니라고!

뱃살공주: 헐! 대박! 얘가 진짜 우리 학교 애야? 이 미친년 때문에 학교는 이제 다 갔네 ㅠ.ㅠ

백마탄환자: 이거 합성 아니야?

└▶ **연쇄살인미소**: 합성 아닌 것 같아요.

짱구는목말라: 여기 우리 동넨데. 정말 빵에서 쥐 꼬리가 나왔어요?

└▶ **폭행몬스터**: 오, 이거 인터넷 뉴스에 떴던데^^

이웃집또털어: 여하튼 먹을 것 가지고 장난치는 놈들, 다 쓸어버려야 해.

축구왕숏다리: 옛날에 생쥐강이 나오더니, 이젠 쥐케이크네! ㅋㅋㅋㅋㅋ

바람과함께살빠지다: 레시피가 궁금하네요. 퍼가요! 이런 건 널리 알려야 해요.

K는 한나절 내내 컴퓨터 앞을 벗어나지 못했다. 수시로 새 댓글을 확인했고, 새 글이 올라와 있지 않으면 읽은 댓글을 처음부터 다시 읽었다. 그러면서 웃었고, 고개를 끄덕거렸고, 주먹을 쥐기도 했다. 가끔 입 밖으로 소리 내어 읽기도 했다. 해가 저무는지도 모르고 모니터 앞에 코를 박고 있었다.

그때였다. K는 인기척을 느꼈고, 재빨리 컴퓨터 화면에 도서 대여 프로그램을 띄웠다. 그리고 고개를 들었다.

"어서 오세……."

3호가 서 있었다.

"와, 왔어?"

K의 말에 3호가 씩 웃었다. 땅거미가 녀석의 어깨에 짙게 내려 있었다. K는 벌떡 일어나 전등부터 켰다.

"어떻게 된 거야? 집에 갔다 온 거니? 그때는 나도 모르게 화가 나서 그만……. 참! 목도리 놓고 갔더라. 그거 참 따뜻하더라……. 난 네가 아주 간 줄 알았지." K는 두서없이 말했다.

3호는 수선 떨 듯 횡설수설하는 K의 입을 틀어막았다. "저는 간다는 말은 안 했어요. 아저씨가 그렇게 생각했을 뿐이죠." 그러곤 씩 웃었다.

"아, 그건 그렇고 혹시 내가 인터넷 사이트에 올린 사진이랑 댓글 봤어? 이것 좀 볼래?"

K는 모니터를 3호를 향해 돌려놓았다. 가만히 서 있던 3호가 허리를 약간 구부렸다.

"참! 쥐케이크 사진도 봤니? 결국 내가 쥐 꼬리를 잘랐어! 케이크는 동네 꼬마 녀석들한테 사 오라고 시켰지. 심부름 값 준다고 하니까 얼씨구나 하더라. 내 얼굴이 알려지면 안 되잖아? 물론 사이트에 가입할 때는 책방 손님 주민 번호를 이용했어. 어때? 나 좀 짱이지? 들킬 염려는 없어. 그러니까 걱정 안 해도 돼. 아무튼 잘라 낸 쥐 꼬리를 조금 짓이겨서 케이크 아래쪽에 살짝 넣고 사진 찍었어. 잘했지?"

K는 묻지도 않은 말을 줄줄이 늘어놓았다.

"정말 반응이 대단해. 내가 상상한 것 이상이야. 이것 봐. 못생긴 년이 아주 지랄을 해요, 라고 쓴 사람도 있고……. 그리고 얘! 뱃살공주란 닉네임 쓰는 애는 너랑 같은 학교 아이인가 봐. 이 미친

년 때문에 학교는 이제 다 갔네, 이러고 있다. 걸레가 따로 없다는 둥, 이런 건 학교에서 잘라야 한다는 둥, 부모가 누구냐는 둥……. 방학 때라 좀 아쉬워. 접속하는 아이들이 더 많았으면 좋았을 텐데. 근데 부반장년, 벌써 신상 다 털리고 난리 났어. 사진은 인터넷에 쫙 퍼졌고."

얼핏 곁눈질로 보니 3호의 표정이 밝았다. 그래서 K는 얼른 물었다.

"아, 쥐케이크 댓글도 볼래? 인터넷 뉴스에도 떴대. 막 찾아보려던 참인데. 완전 대박이야!"

하지만 3호는 고개를 저었다. 그리고 한발 뒤로 물러났다. 모니터에서 시선을 거두더니 문 쪽으로 다시 걸음을 옮겼다.

"저 이제 정말 가도 되죠?"

"가? 어딜?"

K는 놀라서 물었다.

"가야죠. 복수도 다 했잖아요. 아저씨 덕분에……. 그동안 고마웠어요."

3호는 태연하게 대답했다. K는 대꾸할 말을 찾았지만, 얼른 떠오르지 않았다.

"그럼 이제 자살 같은 거…… 안 하는 거니?"

어렵게 꺼낸 말이었지만, 3호는 웃기만 했다.

"왜 웃어? 대답은 안 하고. 나도 용기 내서 묻고 있는 거야."

"네. 안 해요."

"정말이지? 그럼, 다행이고!"

K는 3호의 손을 꼭 잡았다.

"믿으셔도 돼요. 그리고…… 이번엔 제가 아저씨한테 묻고 싶은 게 있어요."

"뭔데? 물어봐. 아무거나."

"저한테 왜 잘해 주신 거예요? 제가 죽을까 봐 그랬던 거예요?"

"그, 그거야 뭐……."

K는 공연히 얼굴이 붉어졌다.

"아저씨도 죽고 싶었죠? 힘드셨다면서요."

"그랬지. 근데 말이야……."

"어쨌든 아저씨한테 고마워요."

3호가 말꼬리를 돌렸다. 싱거운 녀석. K는 피식 웃고 말았다.

"아니야. 내가 고맙지. 그나저나……. 아주 안 올 건 아니지? 학교도 코앞인데. 전에도 오가다 여기 들르지 않았어? 그랬지? 가끔 책방으로 놀러와. 너한테는 무료로 책 빌려 줄게."

"이제 오지 말아야죠."

너스레를 떤 게 무색했다. 볼이 뻑뻑해지도록 억지로 미소까지 지었는데. K는 머쓱해졌다.

"왜? 어디 이사라도 가니? 전학 가?"

"그런 건 아니지만, 제가 찾아오면 아저씨한테 도움이 되지 않을 거예요……. 저 때문에 마음고생 많이 하셨잖아요. 그건 저도 알아요."

"못 알아들을 소리만 하는구나. 고생이라기보다는 단지……."

K는 끝말을 얼버무렸다.

"잘 모르겠어요. 지금 마음은 그렇다는 거예요. 그리고 다시 한 번 말하지만, 정말 고마워요."

"고맙긴 뭐. 내가 뭘 한 게 있다고."

"한 게 없다니요. 제 부탁 다 들어주셨잖아요."

"아, 그거……. 나도 피해자였으니까."

"맞아요. 우린 통하는 데가 있었지요."

"그런데 우리가 한 일이 정말 너에게 도움이 되었던 거니?" K는 사뭇 진지하게 물었다.

"그 당시에는 가슴이 탁 트이고 그랬는데……."

"그, 그래? 그랬다면 다행이고."

지금은 어떤데? 그렇게 묻고 싶었지만, K는 참았다.

잠깐 말이 끊겼다. 그 얼마 안 되는 사이, K는 가슴이 답답해졌다. 얼마 전, 자신이 3호를 처음 만났을 때 했던 말이 떠올라서였다. '이런 일은 아무도 도와줄 사람이 없다는 거야. 네가 스스로 해결해야 된다는 뜻이기도 해.' 순간, K는 곱씹었다. "그래, 힘들어도 답을 찾아봐야지." 그러면서 자기도 모르게 고개를 끄덕였다.

그때, 3호가 말했다.

"아저씨는 제 유일한 친구였어요."

"친구?"

"네, 친구요."

"그래. 맞아. 나도 친구가 한 명도 없었어……."

"아저씨도요?"

"내가 너만 할 때, 수업이 끝나면 아이들은 삼삼오오 무리 지어 학교 앞 분식집으로 몰려가곤 했어. 반장은 공부 잘하는 아이들 몇몇을 이끌고 다녔고, 축구 선수였던 창민이는 운동 좋아하는 아이들과 무리 지어 운동장에서 놀았지. 바로 앞집에 살던 유석이는 같은 선생님에게 과외받는 아이들 세 명과 한패였던 거 같아. 겉멋이 잔뜩 든 우진이는 여자아이들 몇 명까지 끼워서 롤러스케이트장에 자주 갔고. 나는 운동은 젬병이었지만 공부도 곧잘 했고, 과외도 받았어. 롤러스케이트도 탈 줄 알았고. 하지만 아무 데도 끼지 못했어. 나를 끼워 줄 생각도 없었겠지만, 아이들은 김진호 때문에라도 나와 노는 것을 꺼렸을 거야. 다 이해할 수 있어. 나라도 그랬을지 모르니까."

"그때나 지금이나 다를 게 없네요."

"그럴 거야. 아무튼 이렇게 얘기를 많이 해본 게 정말 얼마 만인지 몰라. 10년? 아니, 20년? 어쨌든 네가 친구라고 해주니까, 고맙다. 나에게도 네가 첫 친구로구나."

"네, 근데⋯⋯."

K의 말에 멋쩍게 웃던 3호가 머뭇거렸다. '왜?'라는 뜻으로 K는 턱을 올려 보였다.

"다른 건 아니고⋯⋯. 아저씨, 진짜 저 본 적 없어요?"

"글쎄. 지난번에도 묻더니⋯⋯. 사실 이 책방에 드나드는 아이들만 해도 한둘이 아니야. 그건 너도 알잖아. 그중 하나가 너였을 수 있겠지. 그런데 그게 그렇게 중요해?"

"저는 만화책을 보러 온 적은 없어요. 지난번이 처음이었죠."

"그래?"

K는 고개를 갸웃거렸다. 알 것도 같은데⋯⋯. K는 또다시 머릿속에 무수한 얼굴들을 재빨리 떠올려 보았다.

"아저씨가 생각하는 그 사람이 맞을 거예요."

"넌 내가 누구를 추측하고 있는지 알고 있다는 투로 말하는구나."

"아마도⋯⋯?"

"어쨌든, 좋아. 그러면 나를 찾아온 진짜 이유는 뭐지?"

"그거야말로 저보다는 아저씨가 더 잘 아실 거예요."

"아니! 난 몰라!"

"큭큭. 아시면서!"

"웃기는! 알았다. 더 묻지 않을게. 그리고 간다, 안 간다 그런 말은 나중에 하기로 하고 우선 좀 쉬자. 너나 나나 한동안 힘들었잖아."

"네! 그럴게요."

3호가 모처럼 씩씩하게 대답했다. 그래서였을까. K는 마음에도 없는 말을 꺼내고 말았다.

"우리 책방 문 닫고 놀이공원에라도 놀러 갈까?"

지금 내가 무슨 말을 한 거야? K는 자기가 말해 놓고 화들짝 놀랐다.

————————

"정말 이거면 되겠니?"

K의 말에 3호는 고개를 끄덕였다. 뜨거운 물을 부어 놓은 컵라면 용기를 두 손으로 꼭 쥔 채 히죽 웃었다.

놀이공원에 가자는 걸 거절해 준 것도 고마운데, 고작 컵라면 한 개라니! 고맙고, 미안했고, 그걸 무슨 소중한 것이라도 되는 양 끌어안고 있는 모습을 보니 안쓰럽기도 했다. K는 그 느낌을 알 것 같았다. 여러 번 숨어들었던 개구리 책방 구석에서 허기와 추위를 견디게 해준 게 바로 컵라면이었으니까.

그러고 보니 컵라면 취향도 같았다. 색도 크기도 종류도 가지가지인데, 하필이면 왕뚜껑을 집어 들다니! 그러고 보면 녀석과 나는 통하는 게 참 많네. K는 혼자 생각하고는, 고개를 끄덕였다.

K와 3호는 편의점 라면대 앞에 나란히 서서 유리 너머 횡단보

도를 쳐다보았다. 사람들이 건너와 사방으로 흩어졌고, 등지고 섰던 한 무리의 사람들이 종종걸음을 치며 건너갔다. 신호등이 다시 한 번 파란불로 바뀌었을 때, K는 컵라면 뚜껑을 걷어 내고 뭉쳐 있던 라면 면발을 풀어 헤쳤다. 옆을 보니 3호도 똑같이 라면을 휘젓고 있었다.

문득 K는 젓가락질을 멈추고 3호를 쳐다보았다. 아닌 게 아니라 낯이 익었다. 정말 본 적이 있는 건가? 아니면, 한동안 같이 있어서 그렇게 보이는 건가?

"왜요?"

기척을 느꼈는지 3호가 물었다.

"아, 아니야! 참, 그나저나……. 깜빡하고 편지를 안 가져왔네. 네가 네 명에게 쓴 편지, 어떻게 할까? 돌려줄까? 책방에 가서 가지고 갈래?"

K의 질문에 잠시 길 건너편을 바라보던 3호는 고개를 저었다. "괜찮아요. 필요하면 다시 쓰죠, 뭐!" 그러고 나서 3호는 씩 웃었다. "뭐라고? 농담하는 거야?" K는 정색을 하고 물었다. 그러자 녀석은 배시시 웃으면서, "네!" 했다. 그러곤 라면을 후후 불었다.

"그래. 이제는 필요 없으니까. 네 편지는 내가 찢어 버리든지, 알아서 할게."

다시 끄덕끄덕.

그리고 3호는 라면을 먹기 시작했다. K는 한 번 더 3호의 옆모습을 쳐다보고는, 라면 뚜껑을 열었다.

3호는 모처럼 컵라면을 다 비웠다. 그 모습을 보면서 K는 흐뭇한 미소를 지었다. 평소보다 배가 두 배나 불렀다. 허리띠를 슬쩍 풀어야 했다.

"이제 가요!"

3호는 먼저 편의점 밖으로 나가 파란불이 켜진 횡단보도 앞에 섰다. 아무 말도 하지 않았다. 그냥 K를 한번 쳐다보았을 뿐이었다.

신호등이 파란불로 바뀌자, 3호는 횡단보도를 건넜다. 중간에 한번 K를 돌아보았다. 그는 손을 들어 알은체를 해주었다. 곧 3호는 사람들 틈에 묻혀 보이지 않았다.

이때, K는 자신에게 큰 소리로 말했다. "그래! 이제 다 끝났어. 난 다시 원래의 자리로 돌아가는 거야. 알았지? 다 끝났으니까." 그렇게 스스로를 토닥거렸다. 그래! 내일부터 나는, 늘 그랬듯이 아침에 일어나 책방 문을 열고 청소를 마친 다음, 환기를 할 거야. 그리고 신문을 보며 손님을 기다리겠지. (물론 손님이 안 오더라도 상관은 없다.) 이틀이나 사흘에 한 번은 P역 부근에 있는 서점 총판에 가서 새로 나온 만화책들을 적절히 구입해 올 것이고. 그리고 하루 종일 책방에 앉아 만화를 보며, 무협지나 소설책을 읽으며 시간을 보내겠지. 가끔 저팔계가 귀찮게 하겠지만, 그건 잘 참고 견디면 될 일이다……. 그는 3호가 사라진 거리를 한참 동안 바라보면서 생각을 정리했다. 바로 그 생각의 끝에, 방금 컵라면을 후후 불어 대던 3호의 옆얼굴이 다시금 떠올랐다. 그 순간, K는 "아!" 하고 탄성을 질렀다.

"3호……, 너!"

그래서 낯이 익었던 것일까? '내 추측이 맞으면, 틀림없이 녀석은……!' K는 가슴이 탁 막혔다.

'아니겠지! 아닐 거야!'

K는 고개를 저었다. 그럴 리가 없다고 생각했다. 그건 정말 말도 안 되는 일이라고. 그러면서도 자신의 추측을 엉터리라고 웃어넘기진 못했다.

부지런히 걸었다. 빨리 책방으로 돌아가서 확인을 해야겠다고 생각했다. K는 뛰기 시작했다.

―――――――

점점 더 빨리 뛰기 시작한 건 빗방울 때문만은 아니었다. 책방이 가까워질수록 3호에 대한 추측이 확신으로 바뀌었다. 그래서 조바심이 났다. 심장이 터질 것처럼 뛰었다.

'간단해. 내 짐작이 맞는지 확인할 수 있는 방법이 있어!'

K는 주먹을 꼭 쥐었다. 책방 문 앞에 이르렀을 때에는 빗줄기가 굵어져 있었다.

가슴이 몹시 두근거렸다. 손바닥에 땀이 났다. 그런데 번호키를 누르려는 순간, 누가 그에게 다가왔다. K는 흠칫 놀랐다.

"형, 또 어디 갔다가 온 거야?"

"……."

K는 대꾸하지 않았다. 서둘러 번호키를 눌렀다. 그러자 저팔계가 앞을 막았다.

"캔디 형! 바쁜 일 없지? 지하철역에 좀 다녀와라. 우리 딸내미가 우산이 없대. 길도 좀 위험하고 말이야. 가서 좀 데리고 와."

K는 문을 열다 말고 저팔계를 쳐다보았다.

"나 좀 바빠……." 그렇게 말하며 K는 입속으로는 분명히 소리쳤다. "내가 말 안 했나? 저팔년이 더 위험하다고!" 입안이 근질거려서 그는 입맛을 여러 번 다셨다.

"뭐가 바빠?"

"할 일 많아. 책도 정리해야 하고……."

"형, 그러지 말고, 좀! 지금 한우 냉동차가 왔거든. 마누라도 동창횐지 뭔지 가서 없고……. 자, 얼른 갔다 와."

저팔계는 강제로 우산을 K의 품에 안겼다. 곰돌이가 그려진 캐릭터 우산이었다. 하지만 K는 그 자리에 가만히 서 있기만 했다. 우산이 바닥으로 떨어졌다.

"아, 씨! 뭐 하냐고? 정말 이럴 거야?"

"뭐……?"

"P역 7번 출구 알지? 우산 좀 갖다 주고 오라고. 빨리!"

내가 왜 그래야 하는데? 그 말이 입에서 맴돌았지만, K는 뱉어 내지 못했다.

"아, 알았어."

K는 우산을 집어 들었다. 화가 났다. 저팔계에게도 화가 났고, 자신에게도 화가 났다.

곧 저팔계는 정육점으로 돌아갔다.

잠시 후, 저팔계는 커다란 냉동차에서 고깃덩이를 내리기 시작했다.

"개새끼."

K는 캐릭터 우산을 폈다. 곰돌이 푸가 뛰노는 그림이 우산살 사이마다 그려져 있었다. 팬티는 안 입고 윗도리만 입고 다니는 변태 새끼! 그는 괜한 욕설을 퍼붓고 P역 7번 출구를 향해 걸어갔다.

몇 번은 걸음을 멈추고 뒤를 돌아보았다. 머릿속의 누군가가 자꾸만 따져 물었기 때문이다.

'내가 왜! 내가 왜 이래야 하는데?'

곧 7번 출구가 보였다. 그때부터 K는, 누가 재촉하는 것도 아닌데 걸음을 빨리했다.

그런데, 없었다. 가장 먼저 눈에 띄어야 할 플래카드가 보이지 않았다. K는 두리번거렸다. 혹시 7번 출구 반대편의 8번 출구로 옮겨 갔나, 하고 뛰어가 보았지만 거기에도 없었다. 도로 건너편 4번 출구 쪽은 아닐까? 인도 난간에 서서 길 건너를 쳐다보았지만 역시 보이지 않았다. 어떻게 된 걸까?

하지만 생각할 여유도 없이 소리가 들렸다.

"캔디 아저씨! 여기요!"

뒷머리가 쭈뼛 서는 기분이었다. 돌아보니 7번 출구 아래, 사람들 틈새에서 작고 뚱뚱한 계집애가 손을 흔들고 있는 게 보였다. 저팔년이었다.

그런데 이게 웬일일까. 저팔년이 몇 걸음 더 다가오나 싶었는데, 부반장년의 얼굴이 보였다. 이상한 일이다 싶어서 눈을 비비고 봤더니, 이번에는 조젖, 아니 조미영이 히죽거리고 있었다.

K는 자기도 모르게 어금니를 꽉 물었다. 그리고 목구멍으로 넘어오는 한 음절 한 음절을 씹고 또 씹어서 뱉어 냈다.

"씨, 발, 년!"

K는 조젖통을 향해서 성큼성큼 다가갔다. 그리고 또 소리쳤다.

"누가 캔디래! 누가! 엉? 누가?"

"아, 아저씨!"

"누가 그러더냐고? 누가? 엉? 내가 캔디야? 어? 네 눈에는 내가 캔디로 보여?"

마침내 K는 저팔년의 멱살을 잡았다. 그러자 저팔년은 와락 울음을 터트렸다.

"아저씨……. 으아아앙!"

"울지 마! 울지 말라고. 그리고 대답해! 누가 캔디래!"

더 이상 참을 수가 없었다. K는 조젖통을, 아니 부반장년을 거칠게 계단 아래로 밀어 버리……고 싶었다. 그러려고 했다. 하지만 그때, 저팔년이 말했다.

"아파! 아저씨, 목 아파요!"

K는 더 이상 어쩌지 못하고, 목을 쥐었던 손을 놓았다. 그리고 우산을 집어 들어 펼쳤다. 그걸 땅에 내려놓고 발로 짓밟았다. 우산대를 잡아당겨 살을 부러뜨리고 곰돌이 푸도 찢어 버렸다. 갈기갈기 조각을 내서 휙 던져 버렸다.

"아, 아저씨! 으아아앙앙!"

K는 그런 아이에게 주먹을 쥐어 보였다.

"난 캔디가 아니야! 알겠어?"

저팔년은 고개를 끄덕였다. 그때, 주위 사람들의 목소리가 들려왔다.

"저 사람 왜 저래!"

"애가 무슨 잘못을 했다고 저러는 거야?"

K는 사람들을 향해 소리를 꽥 질렀다.

"씨발! 뭐! 내가 뭐!"

사람들을 향해 욕설을 내뱉고 뒤돌아서 달렸다. 굵어진 빗방울이 얼굴을 때렸다.

골목과 큰길을 지났다. 내친김에 거지독사네 빵집까지 가서 그 앞을 얼쩡댔다. 그리고 또 뛰다가 걷다가 하면서 3호와 전화를 걸었던 공중전화 박스도 공연히 들여다보았다. 한참을 그런 뒤에, 느릿느릿 걸어서 다시 책방 가까이 이르렀을 때는 온몸이 떨렸다. 배도 고팠고, 머리도 아팠다. 이마를 만져 보니 열도 좀 있는 듯했다. 비를 맞으면서 한참을 싸돌아다닌 탓일까. K는 정신을 차릴 수가 없었다.

K는 골목에 숨어서 정육점을 살폈다. 저팔계는 정육점 안에서 손님과 이야기를 나누고 있었다. 됐다! K는 속으로 외치고 재빨리 책방 앞으로 달려가서 번호키를 눌렀다. 9, 7, 6……. 더듬어서 분명 7을 향해 손가락을 뻗었는데, 자꾸만 4가 눌려졌다. 두 번째도 세 번째도! 네 번 만에 겨우 7을 누르고 안으로 들어갔다.

K는 얼른 문을 잠갔다.

한참 동안 문 앞에서 얼음처럼 서 있었다. K는 꽤 시간이 지난 후에야 움직일 수 있었다. 먼저 유리문 바깥을 쳐다보았다. 마침 저팔계의 마누라가 책방 쪽을 향해 삿대질을 해대고 있는 게 보였다. 그 앞에서 저팔계가 나무라고 있었다. 소리도 들렸다. "책방 털보가 대체 우리 애한테 어떻게 한 거냐고? 불쌍한 그 애한테 무슨 짓을 했느냔 말이야!" "글쎄, 가만 좀 있어. 내가 알아서 한다잖아!" K는 문이 잠겼는지 다시 한 번 확인했다. 그리고 조금 더 안쪽으로 들어갔다.

소파에 털썩 주저앉았다. 어지러웠다. 온몸이 떨렸다. 머리가 깨질 듯이 아팠다. 정신을 차릴 수가 없었다. K는 휴대폰을 꺼냈다.

그리고 번호를 눌렀다.

잠시 후 엄마의 목소리가 들려왔다.

"엄마, 나 아파……."

그러고 나서 K는 전화기를 손에 쥔 채 눈을 감았다.

어떻게 된 걸까? 저팔년은 무사할까? K는 부들부들 떨며 몸을 웅크렸다.

그즈음 밖에서 아이들의 목소리가 들려왔다. "문 잠겼어." "벌써 닫은 거야?" "요즘 이 아저씨 이상하네. 문도 잘 안 열고……." 그러더니 잠시 후 사방이 다시 조용해졌다.

K는 눈을 감은 채 자신에게 물었다. 도대체 무슨 짓을 한 걸까? 저팔년을 어쩌려던 걸까? 아니, 저팔년은 왜 갑자기 부반장년으로 보인 걸까? 조젖통은 또 왜? 물론 학교에 다닐 때는 그런 상상을 수도 없이 했다. 계단 내려갈 때, 앞서 가던 조미영의 등을 얼마나 떠밀고 싶었는지 모른다. 그런 상상에 정신줄을 놓고 있다가 제풀에 발을 헛디뎌 넘어진 적도 있었다. 그러고 나면 조미영은, "벼엉신! 가지가지 해요!" 했다.

허억!

깜빡 잠이 들었나 보다. 머리는 전보다 더 아팠고, 몸도 여전히 떨렸다. 목이 몹시 말랐다. 그런데 그때, 잊고 있던 생각 하나가 번개처럼 떠올랐다.

'3호! 맞아, 확인해야 해. 3호는 틀림없이…….'

K는 튕겨지듯 일어났다. 그러나 현기증 때문에 비틀거리다가 다시 소파에 주저앉고 말았다.

심호흡을 세 번 한 뒤, K는 다시 일어났다. 그리고 뒷문으로 나갔다. 계단을 두세 칸씩 뛰어 단숨에 2층으로 올라갔다. 방문을 열며, 동시에 벽을 더듬어 불을 켰다. 문도 닫지 않은 채, 그는 책장 맨 위 칸으로 손을 뻗었다.

K는 중학교 앨범을 꺼내 들었다. 떨리는 손으로, 3학년 5반을 찾았다. 큰 안경을 쓴 여자 담임선생님 얼굴이 가장 먼저 눈에 띄었다. 그는 자기도 모르게 미간을 찌푸렸다. 그러면서도 떨리는 손가락으로 아이들 하나하나를 짚어 나갔다. 규종이가 먼저 눈에 띄었다. 그리고 곧 볼이 통통한 조미영도 나왔다. 그다음 페이지 첫째 줄 두 번째에 병수가 있었다. 놈들의 얼굴을 하나씩 확인해 나가자 K는 소름이 돋았다. 온몸이 떨렸다. 비를 맞았기 때문만은 아닐 터였다.

그리고 뜻밖에 병수 바로 옆에 3호의 얼굴이 보였다. 똑같았다. 희고 창백한 낯빛, 곱상한 눈매, 오뚝한 콧날. 누가 봐도 3호였다.

으으으으!

소름이 돋았다. K는 입을 벌린 채 다물지 못했다. 그는 허물어지듯 주저앉았다. 그리고 마침내 3호의 얼굴 아래에서 자신의 이름을 확인한 순간, K는 숨을 쉴 수가 없었다.

"이, 이, 이거……."

한 번도 들어 본 적이 없는 소리가 입에서 새어 나왔다.

K는 넋을 놓고 천장을 쳐다보았다. 그런 채로 중얼거렸다.

"아니야! 내가 잘못 본 거야. 그럴 리 없어. 절대로!"

K는 주먹을 꼭 쥐고, 숨을 크게 들이쉰 다음 다시 앨범을 펴보았다. 하지만 거기에는 3호가, 그 자신이 있었다.

'아니길 바랐는데…….'

K는 아랫입술을 아플 정도로 깨물었다. 그리고 마치 3호가 앞에 있기라도 한 듯, 다그쳐 물었다.

"그럼, 나 때문에 온 거였니? 그런 거였어?"

비를 맞은 탓인가. 온몸이 가려웠다. K는 긁기 시작했다. 목덜미와 옆구리, 사타구니, 나중에는 머리까지…….

10

너무 늦은 고백

옆에서 기척이 느껴졌다. K는 깜짝 놀라 고개를 돌렸다. 실눈을 겨우 떴다. 누가 서 있었다.

"3호……? 역시 내 추측이 맞았어."

"……."

"놀라긴 했어. 좀 뜻밖이었고, 아주 조금은 무섭기도 했고……. 하지만 괜찮아. 아, 참! 너도 이거 읽어 볼래? '악마와 러브송'인 데……. 물론 주인공 카와이 마리아는 악마가 아니야. 그런 아이 가 있었다면 나도 꽤 좋아했을 거야. 비록 사고를 치고 토츠카 고등학교로 오지만, 뭐……."

비로소 K는 자신이 조금 전까지 무얼 했는지 기억해 냈다. 앨범을 확인하고, 책방으로 내려와 문을 잠근 채 청소를 했다. 태연하게 책을 책장에 꽂고, 컴퓨터에서 도서 대여 연체자 목록을 출력했다. 철 지난 만화책도 읽었다. 억지로라도 무심한 척해야만 버틸 것 같았기에. 그래서 일부러 몸을 움직였다. 머리로는 수십, 아니 수백 번쯤 자신을 다독거렸다. '괜찮아! 다짐했잖아. 내일부터 나는, 늘 그랬듯이 아침에 일어나 책방 문을 열고 청소를 마친 다음, 환기를 할 거야. 그리고 신문을 보며 손님을 기다리겠지. (물론 손님이 안 오더라도 상관은 없다.) 이틀이나 사흘에 한 번은 P역 부근에 있는 서점 총판에 가서 새로 나온 만화책들을 적절히 구입해 올 것이고. 그리고 하루 종일 책방에 앉아서 만화를 보며, 무협지나 소설책을 읽으며 시간을 보내겠지. 가끔 저팔계가 귀찮게 하겠지만, 그건 잘 참고 견디면 될 일이다, 라고. 암! 괜찮아.'

그러고는 당당하게(!) 만화책을 읽었다. 카와이 마리아가 어려움을 헤쳐 나가는 장면들을 한 장면 한 장면 곱씹으면서. 시쳇말로 '츤데레평소에는 까칠하다가 좋아하는 사람 앞에선 부끄러워하는 성격'한 캐릭터에 온 정신을 쏟아부으며. 좋아! 오늘은 이거다, 라고 자신에게 말했다. 아마 그러다가 잠이 든 모양이었다.

"그나저나 3호, 왜 또 온 거야? 혹시 내가 걱정이 되기라도 한 거니? 후후! 나 좀 일으켜 줘봐."

손을 뻗었다. 기다렸다는 듯 3호가 손을 마주 잡았다. 그런데 좀 이상했다. 어린아이의 손치고는 너무 크고 딱딱했다. K는 눈을 더 크게 떴다.

헉!

K는 소스라치게 놀랐다. 눈앞에는 3호가 아니라 저팔계가 앉아 있었다.

"어, 어떻게 들어왔어?"

얼른 일어나 앉았지만, 머리가 핑 돌았다. 책들이 사방에서 날아다녔다. 그 사이사이에 흰 별이 유난히도 반짝거렸다. K는 눈을 질끈 감고 소파 깊숙이 몸을 움츠렸다.

"번호키의 패스워드쯤은 나도 알고 있어. 형이랑 나랑 하루 이틀 친구도 아니고!"

친구라니? 가증스러운 놈! K는 눈을 마주치기 싫어서 고개를 돌렸다.

"그나저나 많이 아파?"

저팔계가 K의 이마에 손을 얹었다. 이번에는 뿌리칠 수가 없었다. 놈의 손은 한참이나 그의 머리를 어루만졌다.

"왜, 왜 이러는 거야?"

"왜 이러냐니? 난 형이 걱정돼서 그러지."

"그게 아니잖아. 내가 네 딸……."

물론 K는 놈이 자신을 떠보는 거라고 생각했다. 지금쯤이면 저팔계도 모든 걸 알았을 테니까.

그런데 저팔계는 일어나서 딴청을 했다.

"아픈 사람이 뭔 만화책을 이렇게 열심히 봤어? 이거 지난번에 다 본 거 아니야?"

"……."

무슨 속셈일까? 왜 뜸을 들이는 것일까? 저팔계는 떨어진 만화책을 집어 들어 책장에 꽂고, 바닥에 나뒹굴고 있는 종이컵을 주워 휴지통에 넣었다. 삐죽빼죽 튀어나와 있는 만화책을 손으로 탁탁 쳐서 바르게 꽂았다.

그러고는 다시 테이블로 돌아와서 펼쳐져 있는 책 하나를 집어 들었다. 하필이면 앨범이었다.

"앨범이네? 중학교 앨범……."

저건 왜 가지고 내려왔을까. K는 후회하며 입술을 깨물었다.

저팔계는 앨범을 천천히 내려놓고 K를 똑바로 쳐다봤다.

"그래! 형, 왜 그랬어?"

"미, 미안해. 딸……."

미안해, 라니? 살고 싶어서 이러는 걸까? K는 그러는 자신이 견딜 수 없이 한심했다.

"우리 딸한테 그런 것도 내가 미워서 그런 거야?"

"……."

K는 아무 대답도 하지 않았다.

"그랬던 거구나. 그래서 우리 딸 우산을 그렇게 발기발기 찢은 거야?"

"그건⋯⋯. 내가 다시 사줄게."

"사주긴 뭘 사줘! 됐어."

"⋯⋯."

"아무튼 애가 얼마나 놀랐는지 온 동네가 떠나갈 듯이 울면서 들어오더라."

"⋯⋯다치지는 않았어?"

"다치진 않았어. 그런데 정말 왜 그랬어? 지하철 출구 앞에서, 그것도 우리 딸애가 보는 앞에서 우산을 갈기갈기 찢어 버리고 달아났다며? 주위 사람들이 한참이나 서성대면서 형 이야기를 했대. 딸애는 겁을 좀 집어먹어서 놀랐을 뿐이야. 뭐, 좀 있으면 괜찮아지겠지."

"⋯⋯."

"이제 속이 좀 시원해졌어?"

K는 대꾸하지 않았다. 이번에는 질문의 뜻을 알아차릴 수가 없어서였다. 그러자 놈은 한 번 더 물었다.

"속이 시원하냐고. 응?"

저팔계는 뒷말을 바싹 높였다. 그 때문에 K는 흠칫 놀랐다.

"뭐, 뭐가⋯⋯?"

"그렇겠지. 그렇게 해서라도 형이 좀 위안이 된다면⋯⋯."

저팔계는 저 혼자 대답해 놓고 고개를 끄덕거렸다. 할 말을 생각하는지 잠시 틈을 두었다. 오래 걸리지는 않았다. 저팔계는 곧 말을 이었다.

"형! 미안해."

"뭐?"

"미안하다고."

"그게 무슨……?"

저팔계 이 자식이 지금 무슨 말을 하는 걸까? 아니, 무슨 일이 일어나려는 걸까? 책방에는 저팔계와 나 둘뿐이고. 문은 단단하게 잠겨 있다……. 그런 생각을 하니, K는 자꾸만 숨이 막혔다. 오래전, 김진호가 목을 조를 때처럼.

"앨범을 봤으니까, 이제 내가 2호라는 걸 알았을 거 아니야."

저팔계가 다시 앨범을 주워 들며 말했다. 놈을 외면하고 있던 K는 반사적으로 고개를 돌렸다. 저팔계는 웃고 있었다. K도 따라 웃었다. 놈이 웃고 있어서가 아니라, 놈이 한 말 때문이었다.

"폽……."

"웃겨? 내 말이? 나는 지금 형과 내 이야기를 하고 있는 거야. 아주 먼 옛날 이야기 말이야."

뜻밖에도 저팔계의 목소리가 진지했다. K는 약간 올라갔던 입꼬리를 감추었다. 멍하니 놈을 쳐다보았다. 하지만 놈의 얼굴이 자꾸만 두 개, 세 개로 보였다. 정신이 혼미했다. 잠이 쏟아지는 것 같기도 하고, 정신이 오락가락하는 것 같기도 하고…….

"아직도 모르겠어?"

"도대체 뭘? 무슨 이야기를 하고 싶은 거야?"

엉겁결에 K는 짜증을 냈다. 저팔계가 이런 식으로 족대기는 이유를 알고 싶었다.

"형, 소시지빵 셔틀 했지? 컵라면 셔틀도 했고……. 그거 다 내가 했던 거야."

"……?"

"잘 생각해 봐. 형이 처음 3호가 되던 날, 기억 안 나? 기절놀이 할 때, 진호도 있었고, 병수, 규종이, 그리고 또 한 사람!"

웃어넘길 일만은 아닌 듯했다. 진호와 병수, 규종이의 이름까지 알고 있는 걸 보면. 과연 놈은 나에 대해서 어디까지 알고 있는 걸까? 그 생각을 하니 K는 등골이 오싹했다.

"또 한 사람이라면……?"

있긴 있었다. 키가 작고 푼더분한 얼굴이었던 것 같은데. 그리고 목소리는……. 그래, 이런 목소리와 비슷하긴 했지. 저팔계처럼 굵은 목소리…….

"형! 한때 '변태 캔디'라고 불린 적 있지? 누군가 이따금씩 빨간 책을 가져왔을 거야. 아마 '플레이보이' 잡지였던 거 같은데. 보고 나면 꼭 형 가방에 들어 있어서 선생님한테 걸렸잖아."

K는 대꾸하지 못했다.

저팔계 역시 뜸을 들였다. 놈은 숨을 몰아쉬더니, 무슨 '선언'이라도 하듯, 비장한 투로 말했다.

"그 잡지를 가져온 사람이 바로 나야."

"그건 억수였어……"

K는 반사적으로 말했다. 그러자 저팔계가 씩 웃었다.

"맞아. 내가 억수라고. 억수!"

K는 멍해졌다. 일순간에 머릿속의 모든 기억들이 사라지고 진공 상태가 되면서, 억수라는 이름만 떠돌았다.

그때, 저팔계가 앨범을 펼치더니 K의 앞에 펴놓았다. 놈은 3학년 7반 첫 페이지의 맨 아래쪽을 가리켰다. 거기에 억수가 있었다.

K는 억수와 저팔계를 번갈아 쳐다보았다. 같은 사람이 틀림없었다. 3호와 그 자신이 같은 인물인 것처럼.

"어어억……"

눈앞이 희끈거렸다. 억수! 왜 한 번도 저팔계의 이름을 묻지 않았을까. K는 뒤늦게 후회했다. 아! 그래서 내 별명을 처음부터 알고 있었던 거야? 이놈이 정말 진호가 목을 조르고 있을 때 망을 보던 그놈이었어?

K는 가까스로 몸을 거누었다. 눈을 부릅뜨고 저팔계를 쳐다보았다. 놈은 말을 이었다.

"하지만 형, 나로서는 어쩔 수가 없었어. 그때 진호 손아귀에서 벗어나는 길은 그 방법밖에 없었거든."

"무슨……?"

"난 거래를 했어. 그 녀석한테 돈을 주기로 했지. 3호를 찾아온 다는 조건으로……."

"그래서……?"

"그래서 내가 형을 추천했어."

"무슨 말을 하는 거야?"

"물론 형이 괴로웠으리라는 거 이해해. 하지만 어린 나이에 나는……. 그래. 나도 벗어나고 싶었어. 나도 형처럼 라면 셔틀도 했고, 다트 표적도 되어 봤어. 그리고 진짜 심한 일도 당했어. 이야기 해줄까?"

하든지 말든지! K는 대꾸조차 하지 않았다. 하지만 귀는 날카롭게 세웠다. 해! 해봐! 누구의 이야기든지 해보라고! K는 말없이 소리치고 있었다.

"형! 난 지금도 우유를 먹지 않아. 지하철도 잘 못 타고. 왜인지 알아? 한번은 내 생일을 어떻게 알았는지 진호, 아니 개새가 1리터짜리 우유를 하나 사서 내미는 거야. 그러더니, '야! 2호! 20초 안에 먹는 거야!' 하더라. 이건 또 뭔가 싶어서 쳐다봤는데, 그냥 씩 웃더라고. 하는 수 없이 나는 숨도 쉬지 않고 우유 1리터짜리를 단숨에 마셔야 했지. 옆에서 빙닭이 박수를 치더군. '우와! 18초 걸렸어! 대단해. 그럼, 이제 15초에 도전!' 그러면서 개새가 1리터짜리 우유를 한 개 더 내밀더라. 이번엔 14초. 우유의 절반은 내 목을 타고 가슴으로 다 흘러내렸어. 세 번째 우유는 12초. 네 번째 우유는 10초. 그런 식으로 모두 다섯 통의 우유를 마셨어. 그리고 녀석들은 나를 지하철역으로 데려갔어. 저녁 7시쯤 됐을 거야. 사람들이 한창 오고 갈 때였거든. 그 애들은 나를 다짜고짜 지하철에 태웠어. 사람들이 많아서 발 디딜 틈도 없었지. 그때부터 배가 아파오기 시작했어. 1리터짜리 우유를 다섯 통이나 먹었으니 온전할 리가 있나. 개새한테 내리자고 했어. 하지만 씩 웃기만 하더라. 나는 내릴 수가 없었어. 다른 아이들이 사방에서 막고 있었거든. 빙닭이랑 거지독사……. 아, 병수랑 규종이 말이야. 그런 데다 지하철역 하나를 지날 때마다 사람들이 점점 더 밀려들었어. 배는 점점 더 아파 왔고, 난 도저히 참을 수가 없었어. 도저히……. 어느 순간 냄새가 나기 시작했어. 내 다리는 이미 따뜻하게 젖어 있었지. 사람들이 웅성거렸어. 무슨 냄새냐고. 그러면서 내 옆에서 사람들이 하나둘 떨어져 나갔어. 그렇게 복잡했는데, 내 주위만 한산해졌어. 사람들은 일제히 나를 쳐다봤지. 물론 나를 막아섰던 아이들은 이미 저만치 물러서서 씩 웃고 있었어. 그때, 오물이 내 바지를 타고 흘러내려 신발을 적시고 있었어. 나는 움직일 수도, 그 자리에 서 있을 수도 없었어……."

이상했다. 저팔계가 안쓰러워 보였다. 하지만 K는 곧 피식 웃고 말았다. 누가 누굴 동정한단 말인가.

그래서 K는 각오하고 물었다. "그럼 날 끌어들이지 말았어야지!

그냥 너만……."

저팔계가 말을 끊었다. "알아. 형이 무슨 말을 하고 싶은지. 근데……. 나도 걔들한테 애원했어. 나한테 왜 이러느냐고. 그랬더니 뭐랬는지 알아?"

"……."

"걔들은 학교를 정말 싫어했어. 이거 해라, 저거 해라, 이건 하지 말고, 저것도 하지 마라. 공부만 해라. 그러는 학교가 지겹고 짜증 난다는 거야. 진호는 그러더라. 아빠한테 맞기 싫어서 겨우 다니는 거라나? 숨이 막힐 거 같다고 했지. '내가 이 짓이라도 안 하면 어떻게 견디냐?' 그랬나. '2호! 넌 우리의 낙이야!' 뭐, 그런 말도 들은 것 같아."

"그, 그게 말이 돼?"

내가 왜 대꾸를 하고 있는 걸까, 라고 K는 생각했다. 바보같이 대꾸나 하고 있는 자신이 한심했다. 저팔계는 K를 힐끗 쳐다보더니 다시 말을 이었다.

"3호에 대한 힌트를 준 게 규종이였어. '네가 3호를 구해 와. 그럼 놔줄게.' 그러더라고."

그 순간, 머릿속에서 불꽃같은 게 튀었다. 그래서 K는 자기도 모르게 물었다.

"네 말이 사실이라면……. 그래. 네 말대로 왜 하필 그게 나였지?"

"형은, 여자애 같았잖아. 생김새도 그렇고, 하는 짓도 그렇고. 그래서 형이 한 살 많은 걸 알면서도……. 아니, 그래서 더 그랬을 거야. 전학을 왔으니 친구도 없고. 형이 적임자였어."

"네 마음대로?"

"그래서 미안하다는 거야."

"미안하다고? 그러면 다 끝나는 건가? 넌 그동안 내가 어떻게 살아왔는지 모르지?"

"알아!"

"안다고? 그럼, 내가 그때부터 항상 수면제를 수십 알씩 가지고 다닌 것도 알아? 지금도 있어. 보여 줄까?"

"형……."

"그런데 어떻게 나한테 또 이래?"

"또……? 아니야. 난 그냥 친하게 지내려고 했던 거야. 그냥 막 어울려서 지내다 보면 괜찮아지겠지 싶었다고. 솔직히 난 그런 생각뿐이었어. 형을 괴롭히려던 게 아니야. 친구란 게 그런 거잖아. 허물없이 치대고 부비고 뭐, 그러는 거."

욕이 나올 뻔했다. 친구라고? K는 할 말이 없었다. 혼자 피식 웃고 말았다. 그런 다음 물었다.

"그럼, 넌 처음부터 내가 누군지 알고 있었다는 거네?"

"형이 이 책방 처음 보러 왔던 날, 부동산 영감님이랑 여길 들어오는 걸 봤어. 처음엔 설마 했는데…… 형이 나갈 때 다시 보니 확

실히 알겠더라고."

그제야 K는 저팔계가 처음부터 자신을 스스럼없이 대했던 게 이해가 되었다. 하지만 그럴수록 더 머리가 아팠다. K는 정신을 가다듬고 물었다.

"그럼, 왜 그때 이야기하지 않았지? 이사 왔을 때 말이야."

"물론 이야기하려고 했지. 하지만 새삼 미안하기도 하고, 나중에 기회가 있을 거라 생각했어. 그러다가 기회를 놓쳤고, 지금까지 와버렸지만……."

"이제 돌아가."

K가 낮은 소리로 말했다.

"형……."

저팔계는 주춤거리더니 일어났다. 그러고는 말했다.

"그래. 미안해. 그리고 우리 이제 비긴 걸로 하자."

"무슨 말이야? 뭘 비겼다는 거야?"

"아니, 내 말은, 그걸로 형이 받은 고통이 다 해소될 수 있다고는 생각 안 해. 하지만 너무 위험해. 형이 지하철역 계단에서 밀어 버린 진호는 아직도 병원에 다니고 있어. 그젠가 겨우 퇴원했다고 하더라."

K는 흠칫 놀랐다.

"그리고 형. 규종이도 밀어 버리려고 했지? 규종이가 형 봤다더라. N역에서. 규종이가 형한테 알은척하려고 하는데 형이 급히 달아났다며. 그나저나 형은 규종이가 편의점이랑 빵집 둘 다 운영하는 거 어떻게 알았어?"

"모, 모르겠어. 무슨 말을 하는 건지……."

K는 자기도 모르게 고개를 저었다.

"좋아! 그럼, 내가 형 쫓아다닌 건 알아?"

"뭐?"

"아! 일부런 그런 건 아니야. 개새가 근무하는 학원에 갔다가 우연히 형을 봤어. 우리 애가 그 학원 다니잖아. 알지?"

아니, 모른다! K는 잠자코 듣기만 했다.

"작년 여름인가? 우연히 형이 학원 앞에서 서성대는 걸 봤어. 형은 진호가 거기 근무하는 거 어떻게 알았어?"

"지, 진호?"

"개새 말이야. 아무튼 그 후에도 몇 번 봤어. 아무래도 이상해서 형이 책방 비울 때 가끔 따라가 봤지. 그래서 알았어. 형이 예전에 형을 괴롭혔던 네 명을 찾아다닌다는 걸."

"……."

"도대체 형은 언제부터 이 일을 준비해 온 거야?"

"내가 뭘?"

K는 목소리를 높였다. 머릿속에서는 벌써 이런저런 일들이 떠오르고 있었다. 졸업앨범 뒷면에 적힌 주소, 우연히 그 앨범 사이에 끼워져 있던 중학교 때의 비상 연락망을 발견한 일, 수십, 아니

수백 통의 공중전화, 그리고 미행……. 하지만 K의 목소리는 흔들리지 않았다.

그러자 저팔계가 주머니에서 무언가를 꺼냈다.

"정말 모른다는 거야? 이거 기억 안 나?"

USB였다. 부반장년 합성사진을 넣었던 거였다. 급히 피시방을 빠져나오느라 미처 챙기지 못했다! K는 가슴이 철렁 내려앉았다.

"그리고 형이 어느 사이트에 들어갔는지도 알아. 형이 피시방에서 나간 다음에, 게임 창을 내리고 인터넷 주소창과 검색창을 확인했지."

"난…… 3호를 위해서 그런 거야."

그냥 있는 그대로를 말하고 싶었을 뿐이었다. 3호가 누구인지 알기 전까지는 정말로 그랬으니까.

"3호는 형 옛날 별명이잖아?"

"……."

"그래, 알았어. 그렇다고 치고. 어쨌든 그래서 가입자가 아무도 없는 홈페이지 만들고 거기에 쥐 꼬리 넣은 케이크 사진이랑 여자애 합성사진 만들어서 올린 거야? 댓글도 형이 달고?"

"……."

"어쨌든 그것들 전부 형이 우리한테 복수하려고 한 일이잖아. 맞지? 그런데 이제 정말 그만하자. 그리고 조금만 기다려 줘."

저팔계가 제법 간곡하게 말했다. 연기일 거란 생각이 들었다. 가증스러웠다.

"뭘 기다려?"

"내가 다 말했어. 애들한테. 형 여기에 있다고."

"뭐……? 또, 또 어쩌려고?"

"아니야! 뭘 어쩌려는 게 아니야. 다들 형한테 사과하겠다고 했어. 근데 다들 용기가 안 난다고……. 그래도 내가 전화하면 올 거야. 형, 내 말 이해하지?"

K는 고개를 저었다.

"왜? 아직도 내 말 못 믿겠어?"

"……."

"그래. 형 마음 알아. 그래서 내가 진호한테 그 플래카드부터 떼라고 했어."

"뭐?"

K는 고개를 들어 저팔계를 쳐다보았다.

"처음엔 그게 형이 한 짓인 줄 몰랐어. 그런데 이틀 지나서였나? 진호한테 연락이 왔어. 형인 것 같다고 하더라."

그때부터 온몸이 근질거리기 시작했다. 옷을 벗어 버리고 싶은 생각이 들었다. 그래서 K는 대꾸도 하지 못하고 여기저기를 긁적댔다.

더 이상 참을 수가 없었다. K는 벌떡 일어났다.

"어디 가려고?"

"……."

"형! 나 진심이야."

그걸 어떻게 믿지, 라고 되묻고 싶었다. 하지만 그만두었다. 소용
없는 일 같았다. K는 길게 숨을 내쉬었다.

K가 대꾸가 없자 저팔계가 말을 이었다.

"내가 왜 날마다 우리 딸 데리러 다니는지 알아?"

"……."

"걔가 학교에서 왕따를 당했어. 못생겼다고 놀리고 때리고 그랬
나 봐. 형, 우리 딸내미 목에 빨갛게 상처 난 거 봤지? 그거…… 말
해도 안 믿을 거야."

저팔년이 왕따를 당했다는 말이 좀 충격적이긴 했다. 하지만 그
상처에 대해서까지 알고 싶지는 않았다. K는 등을 돌렸다. 그래도
저팔계는 그의 등 뒤에 대고 말을 이어 나갔다.

"그거, 걔 친구들이 우리 애 목에 개줄을 묶어 가지고 다녀서 그
렇게 된 거야."

갑자기 뒷머리가 쭈뼛 솟는 듯했다. 소름이 돋고, 몸이 떨렸다.
하지만 K는 대꾸하지 않았다.

"그래. 솔직히 동네 불량배가 무서워서 애를 쫓아다닌 게 아
니야. 반 애들이 매일같이 따라다니면서 괴롭히고 때리고 그러니
까……. 사진까지 찍었대."

"……."

"우리 애가 한동안 잠을 못 자더라고. 약을 먹고 겨우 잠들면, 헛소리 해대면서 악몽을 꾸고……. 그러더니 어느 날부터는 미친 듯이 먹어 대는 거야. 걸신들린 사람처럼. 그래서 그렇게 살이 찐 거야. 어쩔 수 없이 못 먹게 했지. 그랬더니 몰래 가게에 나와 날고 기를 먹더라고……."

순간 구역질이 나려 했다. K는 돌아보았다. 저팔계의 눈가에 물빛이 서려 있었다. 그는 무얼 해야 좋을지 몰라 그냥 마주 보기만 했다. 그러는 사이 저팔계 눈에서 굵은 눈물이 한 줄기 흘러내렸다. K는 침을 꼴깍 삼켰다.

저팔계가 떨리는 목소리로 한마디 덧붙였다.

"그, 그때부터 형을 생각했어. 형도 힘들었을 거라고……."

뒷말을 흐리며 저팔계가 K의 손을 잡았다.

"우욱! 우어억!"

구역질이 심해졌다. K는 저팔계를 밀치고 밖으로 달려 나갔다.

"형!"

저팔계의 목소리가 뒷목을 붙잡았지만, 이번에는 돌아보지 않았다. K는 막 책방 앞을 지나는 여학생을 밀치고 골목길 쪽으로 뛰었다. 그때까지 저팔계의 목소리가 따라왔다.

"형! 어디 가? 내가 애들한테 전화할게! 형!"

11

3호의 마지막 이야기

K는 두려웠다. 그래서 더 빨리 달렸다.

피시방이 있는 골목으로 들어섰다. 세 번 꺾는 동안 마주 오는 사람과 두 번 부딪쳤다. 처음 부딪친 초등학생 아이는, K의 팔에 부딪쳐 옆으로 쓰러졌고, 와앙 울음을 터뜨렸다. 학교로 가는 모퉁이에서 부딪친 젊은 여자는, K가 뛰어나가는 힘에 밀려 벽에 부딪혔다. 여자가 욕을 해댔다. "뭐야, 이 개새끼야!"

하지만 K는 뒤도 돌아보지 않고 달렸다.

K는 학교로 가는 골목 삼거리에서 학교 쪽으로 방향을 틀었다.

학교 건물이 보일 때쯤에는 결승선을 눈앞에 둔 달리기 선수처럼 안간힘을 다해 뛰었다.

숨이 턱까지 차올랐다. K는 한참 동안 허리를 굽히고 숨을 몰아쉬었다.

꽤 시간이 지난 뒤에야, K는 고개를 들어 정면의 본관 건물을 쳐다보았다. 그리고 건물이 모자처럼 쓰고 있는 옥상 꼭대기의 글자들을 읽었다.

밝고 아름다운 미래를 만들어 나가는 오원중학교

'왜 하필 여기야?'

K는 자신에게 물었다. 대답은 돌아오지 않았다.

그러면서도 K는 무작정 교문 안으로 들어갔다. 방학 중인 데다가 토요일 아침이라 그런지 교정은 빈집처럼 고요했다. 그는 마치 처음부터 그러려던 사람처럼 오른쪽 담장을 따라 걸었다.

곧 계단이 나왔다. 계단은 옛날과 다름없이 그대로였다. 군데군데 시멘트로 보수한 흔적들은 있었지만, 그가 학교를 다닐 때와 크게 다르지 않았다.

계단 끄트머리에 이르자 '자연교육장'이라는 팻말이 보였다. 옛날에는 그냥 동산이었다. 가꾸지 않아서 잡풀도 많았다. 하지만 지금은 그 모습이 조금도 남아 있지 않았다. 무슨 식물원처럼, 가운데 통로를 따라 양쪽에 가지런히 풀과 꽃을 심었던 흔적이 있었고, 글자가 희미해진 안내판도 세워져 있었다. 달리아, 하늘매발톱, 여우오줌……. 그리고 그 끝에 크지 않은, 사방이 유리창인 온실 정원도 있었다.

K는 온실 정원 안으로 들어갔다. 기억이 정확하다면, 이곳이 방공호가 있던 자리였다. 말이 방공호지 그 시절 K에게는 무덤이었다. 이곳에서 진호에게 수도 없이 맞았고, 돈도 빼앗겼다. 여기서도 두 번쯤 기절놀이를 했다. 한번은 혼자 구덩이에 버려졌는데, 눈을 떠보니 별이 보였다.

K는 그때를 생각하면서 흠칫 몸을 떨었다.

……졸업식 날에도, K는 바로 이곳에서 달걀 세례를 받았다. 진호와 병수, 그리고 규종이는 K를 이곳으로 데려왔다. 그리고 옷을 벗겼다. 그는 맨몸으로 구덩이에 들어가야 했다. 김진호는 구덩이 밖에서 K에게 날달걀을 던졌다. 날달걀은 K의 머리에, 가슴에, 다리에 부딪혀 툭툭 깨졌다. 온몸에 노른자와 흰자가 흘러내렸다. 이어 병수랑 규종이가 밀가루를 뿌렸다. 그날 K는 꼼짝없이 밀가루 부침이 됐다. 그런 채로 운동장 수돗가로 내려와 찬물로 몸을 씻어야 했다…….

K는 온실 정원 한쪽에 웅크리고 앉았다. 얼굴을 두 무릎에 묻고 숨을 크게 내쉬었다. 그때의 일들이 자꾸만 머릿속에 떠올랐다. 목소리도 들렸다. 야! 캔디! 오늘은 라면 네 개다! 캔디, 네 파카는

너무 남자 것 같아. 내가 대신 입어 줄게. 크리스마스 선물 고맙다! 아, 이 변태 캔디…… 소리들은 너무나 생생했다. K는 '허억' 소리를 내며 고개를 들었다. 눈앞에는 아무도 없었다.

시간이 꽤 많이 흘렀다. 그사이에 다시 중학교 때의 일들이 숱하게 떠올랐고, 진호의 목소리와 다른 아이들의 목소리도 자꾸만 반복되었다.

K는 그 생각들의 공격을 온몸으로 막아 냈다.

따귀를 맞을 때의 기억이 나자 얼굴이 화끈거렸고, 복부를 걷어차일 때의 기억 때문에 배를 움켜쥐고 옆으로 누워야 했다. '라면 셔틀'이 떠오르자 그때처럼 긴장되며 가슴이 쿵쾅거렸다. 도망치려고 일어났을 때는 온몸이 욱신거렸다.

K는 아예 눈을 감았다. 정신이 몽롱해졌다.

바로 그때였다. 누굴까? 작지만 뚜렷한 검은 그림자가 가까이 다가왔다. K는 흠칫 놀랐다. 반사적으로 벌떡 일어났다. 누군지 알 것 같았다. 마주치고 싶지 않았다. 그는 재빨리 온실을 빠져나왔다. 그리고 올라왔던 계단을 다시 내려갔다.

검은 그림자는 일정한 간격을 유지하며 K를 따라왔다.

"안 돼! 이러지 마."

K는 입속으로 소리쳤다. 그리고 두리번거렸다. 교실이 있는 건물의 현관이 열린 게 보였다. K는 그쪽으로 뛰었다.

복도를 달렸다. K 자신의 발소리가 뒤쫓아 왔다. 검은 그림자도 바짝 따라오고 있었다. 돌아보지 않았지만, 틀림없었다. 따돌릴 수 없다는 것도 알고 있었다. 그래도 K는 계단을 두 칸씩 뛰어 2층으로 올라갔다.

3-5

익숙한 숫자 앞에서 K는 걸음을 멈추었다.

창문을 통해서 보니, 교실 안에는 아무도 없었다. K는 앞문을 밀어 보았지만 열리지 않았다. 얼른 뒷문으로 갔다. 역시 열리지 않았다. 그는 창문을 밀었다. 드르륵 소리를 내며 창문이 열렸다.

K는 창문을 넘어 교실로 들어갔다. 그때와는 전혀 다른 교실이었지만, 그는 어림짐작으로 그 옛날 자신이 앉았던 그 자리쯤에 앉았다.

그때, 교실 뒷문이 열렸다. K는 책상에 엎드렸다.

잠시 후, 검은 그림자가 다가왔다. K는 고개를 들지 않았다. 도대체 녀석은 어떻게 문을 열었을까?

검은 그림자는 마침내 K가 앉은 자리 바로 옆에 앉았다. 고개를 들었다. 예상했던 것처럼 검은 그림자는, 3호였다.

―――――――――――――

"왜 달아나셨어요? 제가 아저씨를 해치는 것도 아니잖아요."

"그건……."

"저한테 거짓말을 해서 그런 거죠?"

3호가 당당한 투로 물었다. 꾸짖거나 원망하는 투는 아니었다.

K는 말없이 고개를 숙였다. 네가 누구인지 알기 때문이야. 그런데 내가 널 어떻게 마주 볼 수 있겠어, 그렇게 말할 수는 없었다.

"괜찮아요. 미안해하실 필요 없어요. 어쨌든 아저씨는 쥐 꼬리도 잘랐고, 인터넷 사이트에 사진도 올렸잖아요. 댓글도 달았고요."

"정말 괜찮아? 내가 너를 속인 것을 다 알면서도?"

K가 고개를 들고 물었다.

"네."

"혹시…… 실망했니?"

"물론 처음에는 좀 실망하기도 했어요."

"미, 미안해. 난 도저히 할 수가 없었……. 아니, 그보다는 해서는 안 될 것 같았어. 개새가 그렇게 된 것도 실수였고……."

"알아요."

"그런데 너는 그걸 다 알면서 그냥 돌아간다고 한 거야?"

"네."

"왜 그때 말하지 않았니?"

K는 진지하게 물었다. 정말 궁금했다.

"정말 모르겠어요?"

3호의 눈이 반짝거렸다.

"말해 봐."

"크크크큭! 솔직히 저는 아저씨가 빙닭한테 전화하지 않은 것도 알아요."

"저, 정말이야?"

"아저씨, 전화할 때 다른 번호를 누르던걸요?"

"그걸 알고도 모른 척했어?"

"네. 욕이라도 하는 동안에는, 아저씨도 시원하지 않으셨어요? 물론 잠깐이었겠지만. 아! 느닷없이 욕먹은 사람한테는 미안하긴 하네요."

"왜 그랬어?"

"아저씨가 저였더라도 그랬을걸요. 아저씨는 제가 누구인지 알고 계셨잖아요."

"아냐! 그동안은 몰랐어. 그, 그런데……."

"그래요. 이제 내가 돌아오지 않을 거라고 말한 이유를 알겠지요?"

"응. 고마워. 이제는 정말 돌아가겠구나."

"네. 그리고 아저씨……."

주저하듯, 3호는 말을 꺼내놓고 잠시 등을 돌렸다.

"왜? 말해 봐. 하고 싶은 이야기 있으면 해."

"여기쯤이 내 자리였어요. 아저씨가 앉은 그 자리 말이에요. 기억하시나요?"

"그, 그랬구나. 그럼……?"

"네. 정말 마지막으로 내 자리에 한번 앉아 보려고요."

"아……. 그래서 다시 돌아왔구나."

"맞아요. 사실 우리가 처음 만난 곳이 여기였잖아요."

"그, 그런 셈이지."

K는 고개를 끄덕였다. 너무 크게 끄덕여서 두두둑 하고 소리가 났다.

둘은 잠시 말없이 서로를 쳐다보았다. 3호는 미소를 짓고 있었다. K는 따라서 씩 웃었다. 그러다 문득 말했다.

"아참! 내가 일어날까?"

K가 엉거주춤 몸을 일으켰다. 그러자 3호가 손사래를 쳤다.

"아니요. 그럴 필요 없는 거 잘 아시잖아요."

"그, 그래."

"이젠 정말 갈 거예요. 물론 돌아오지도 않을 거예요."

"응. 알아."

"그래야 아저씨가 살 수 있을 테니까요."

갑자기 눈물이 나려 했다. K는 억지로 삼켰다.

"그랬니? 내가 너를 살린 게 아니라, 네가 나를 살리려고 온 거였니?"

"저 때문에 지금까지 너무 힘들어하셨잖아요."

"그건……."

"괜찮아요. 이제 더 이상 말하지 않아도 돼요. 저, 이제 가요."

"그, 그래. 잘 가!"

"네. 그동안 정말 고마웠어요, 아저씨."

그리고 3호는 뒤쪽으로 걸어갔다.

그때, 하고 싶은 말이 생각났다. K는 돌아보지 않고 혼잣말처럼 중얼거렸다.

"그래! 이젠 나도 괜찮아. 혼자서도 잘해 낼 수 있을 거 같아. 아, 그리고 라면 먹으러 와. 알고 보니까, 나랑 취향이 같던데……."

3호가 들었을까? 뒤에서는 대꾸가 없었다. 한참 후에 돌아보았지만 3호는 없었다. K는 입술을 깨물었다.

K는 비를 맞으면서 교문 앞 진입로를 내려왔다. 그리고 큰길 쪽으로 갈까 하다가 골목길로 들어섰다. 기절놀이를 했던 곳, 빨간 목도리를 처음 만났던 그 골목길. 피하고 싶었지만, 그보다는 빨리 돌아가 쉬고 싶다는 생각이 컸다. 온몸이 쑤셨고, 오한이 났다. 머릿속은 온갖 생각들로 뒤엉켜서 깨질 듯이 아팠다. K는 잰걸음을 놀렸다.

골목길은 미끄러웠고, 질척거렸다. 넘어지지 않도록 조심하면서, K는 오른쪽으로 꺾고, 또 왼쪽으로 꺾었다.

그리고 한 번 더 오른쪽으로 꺾었는데, 한 무리의 아이들이 눈에 띄었다. 세어 보니 모두 세 명. 두 명이 빨간 목도리를 두른 아이하나를 둘러싸고 있는 형국이었다. 두 놈은 덩치가 컸다. 고등학생일 수도 있겠다 싶었다. 빨간 목도리는 그에 비해 덩치가 작았다. 두 놈, 쥐색 가죽 장갑을 낀 놈과 청색 파카를 입은 놈이 구석에 몰린 빨간 목도리의 머리를 쥐어박았다. 아이는 고개를 숙인 채 한껏 몸을 웅크렸다. "씨발 새끼! 뒤져서 나오면 천 원에 한 대다!" 청색파카의 목소리가 좁은 골목길을 울렸다.

등골이 서늘해졌다. 머리끝이 쭈뼛 솟았다.

녀석들과의 거리는 불과 10미터 남짓, K는 그 자리에서 걸음을 멈추었다. 돌아설까, 라고 잠시 생각했다. 그 자리에 멈춰 서 있던시간이 약 10초쯤? 그동안 K는 모든 상황을 파악했다. 그사이, 아이는 두 놈에게 양팔을 붙잡힌 채 빠져나가려고 발버둥을 치고 있었다. 무어라고 소리치려는 것 같았는데 목을 붙잡힌 아이는, 컥컥거리기만 할 뿐이었다. 그때 청색 파카의 목소리가 다시 한 번 골목을 울렸다. "아, 씨발. 그럼 옷이라도 벗든가!"

동시에 놈들은 기척을 느꼈는지 동작을 멈추었다. 순간, K는 흠칫 몸을 떨었다. 추위 때문이기도 했고, 쏘아보는 청색 파카의 눈빛이 따가워서 그렇기도 했다. 그때, 돌아갈까, 라는 울림이 한 번더 머릿속을 돌아다녔다. 그래서 한 걸음 뒤로 물러섰다.

하지만 K는 결국 두 번 심호흡을 하고 한 걸음 앞으로 내디뎠다.

그런 김에 서너 걸음 더 걸었다. 그러다 보니 어느새 녀석들 코앞이었다.

"왜요?"

무어라고 하지도 않았는데, 청색 파카가 턱을 세우며 물었다. 가죽 장갑은 팔짱을 낀 채 거들먹거렸다. 놈은 카악, 소리를 내며 땅바닥에 침을 탁 뱉었다.

"……"

무슨 말이든 해야 했다. 아니면 예전에 그랬던 것처럼 모른 체하고 재빨리 지나치든가. 하지만 K는 대꾸도 하지 못했고, 걷지도 못했다. K는 선 채로 먼저 말을 꺼낸 청색 파카를 마주 보았다. 놈은 뱀의 눈이었다. 그래서 K의 눈빛은 흔들렸다. 그걸 놈도 눈치챘을 것이라고, K는 생각했다. K는 시선을 피했다.

그런데 하필이면 아이와 눈이 마주치고 말았다. 너무 어설프게 고개를 돌린 탓이었다. 더 확실히 고개를 돌렸거나 몸을 틀었더라면 아이와 마주 볼 일은 없었을 텐데. 그랬다면 발걸음을 떼고 지나갈 수 있었을 텐데……. 더구나 그 애는 젖은 눈으로 K에게 이렇게 말하고 있었다. '도와주세요! 제발!'

그러나 바로 그때, 청색 파카의 목소리가 날아들었다. "아, 씨! 갈라면 빨랑 가든가!"

놈이 그렇게 말했다는 건 아직 늦지 않았다는 뜻이었다. 지금이라도 모른 체하고 지나가면 되는 거였다. 하지만 K는 청색 파카를 향해 또렷한 목소리로 말했다.

"그러지 마!"

미친 게 틀림없었다. 그렇지 않고서야 이 상황을 어찌 감당하려고! K는 무섭게 뛰는 심장이 어쩌면 곧 바깥으로 튀어나올지도 모른다고 생각했다.

과연 청색 파카가 인상을 찌푸리며 K를 노려보았다.

"아저씨, 뭐야?"

K는 대꾸하지 않았다. 그 대신 빨간 목도리를 향해 손을 뻗었다. 하지만 아이는 주저했다. 옆에 선 두 놈의 눈치를 보고 있었다.

"뭐 해? 이리 와."

"아저씨!"

청색 파카가 K의 팔을 붙잡았다. K는 그런 놈을 노려보았다. 그리고 놈의 손을 쳐냈다. 제법이다. K는 자신에게 그런 용기가 있다는 게 놀라웠다. 골목 모퉁이 하나만 돌면 책방이라는 걸 계산해서였을까?

K는 내친김에 손을 내밀며 아이에게 말했다.

"집에 안 갈 거야?"

그제야 아이는 앞으로 한 걸음 나섰다. K는 아이의 팔을 붙잡아 확 끌어당겼다. 덕분에 아이는 앞으로 튕겨 나왔다. K는 몸을 돌렸다. 그리고 책방 쪽으로 한 걸음 내디뎠다.

그런데 그때, 가죽 장갑이 그 애의 한쪽 팔을 붙잡았다.

"에이 씨발! 뭐야, 이거!"

놈이 신경질적으로 소리를 높였다. 동시에, 퍼퍽! 하는 소리가 들렸다. K는 흠칫 놀랐다. 떼었던 한 발을 도로 물리며 돌아보았다. 청색 파카가 분리수거함 옆에 세워져 있던 폐형광등을 깨뜨린 것이었다. 놈은 깨져서 날카로워진 면을 K에게 들어 보였다.

"씨발! 상관 말고 가라고!"

청색 파카가 다시 소리쳤다. 가죽 장갑은 뱁새눈으로 K를 노려보았다.

K는 한 걸음 뒤로 물러났다. 하지만 아이를 붙잡은 손은 놓지 않았다. 식은땀이 흘렀다.

"아저씨 정말……."

청색 파카가 더 가까이 다가왔다. 날을 벼린 형광등 끝이 눈앞에서 어른거렸다. 숨을 쉴 수가 없었다. K는 이러지도 저러지도 못한 채 다리를 떨었다. 바로 그때였다.

"야! 거기 뭐야?"

책방 쪽 골목 어귀에서 굵은 목소리가 들려왔다.

아! 뜻밖에도 저팔계였다.

"이 대가리에 피도 안 마른 새끼들! 지금 여기서 뭐 하는 거야?"

목소리가 골목을 울렸다.

"아, 씨. 저건 또 뭐야?"

"니들, 안 꺼질래? 이놈 시키들, 어린 것들이 어디서 못된 것만

배워 가지고!"

저팔계가 씩씩거리며 다가왔다. 놈은 고기를 매달 때 쓰는 S자 갈고리를 휘저으며 삿대질을 해댔다. 얼핏 보면 무슨 괴기영화의 한 장면이었다.

"아, 씨발! 저거 뭐야? 몬스터야?"

그럴 거다. S자 갈고리도 그렇고, 핏물이 밴 앞치마, 절벅거리는 장화 소리, 선글라스만 던져 주면 저팔계를 쌈 싸먹고도 남을 만한 비주얼. 여차하면 한 놈쯤 잡아 저 S자 갈고리에 매달아 버릴지 모른다고, K는 생각했다.

가죽 장갑도 같은 생각을 한 걸까. 아이 팔을 슬그머니 놓았다. 청색 파카의 형광등도 물러났다.

"에이, 씨. 무슨 저런 게……."

놈들은 뒷걸음질 치기 시작했다. 그러다가 저팔계가 더 가까이 다가오자 후다닥 골목 끝으로 달아났다. K는 기운이 풀려 그 자리에 주저앉고 말았다. 때를 맞추어 아이는 반대편 골목 쪽으로 뒷걸음질 쳤다.

곧 저팔계가 K의 앞에 와서 섰다. S자 갈고리가 눈앞에서 그네를 탔다. 예리한 한쪽 끝이 K의 목덜미 쪽을 향해 파란 빛을 내고 있었다.

"아……!"

K는 눈을 감아 버렸다. 환시(幻視) 때문이었다. 저팔계가 그 갈

고리로 자신의 목덜미를 꿰어 끌고 갈지 모른다는! 소름이 돋았다. 저 갈고리 끝에 매달려야 하는 게 결국 나였어? 온몸이 만신창이가 되어서 저 갈고리에 매달린 고깃덩이처럼 살았는데, 또⋯⋯? K는 온몸을 부르르 떨었다. 소리라도 지르고 싶었지만 차마 나오지 않았다. 그는 앉아서 벽에 기대며 몸을 웅크렸다.

순간, K는 아주 오래전의 자신으로 돌아갔다.

⋯⋯넌 이제부터 3호야. 누군가의 목소리가 들렸다. 뒤미처 또 다른 목소리가 따라 나왔다. 좋아. 신고식부터 하자. 이어 억센 손이 목을 붙잡았다. 숨이 막혔다. 그래서 발버둥 쳤다. 하지만 소용없었다. 어억, 억! 애 그애. 애⋯⋯. 그아더⋯⋯. 소리는 밖으로 나오지 않았고, 눈앞에 별이 보였다. 점점 목소리조차 가물가물해졌다. 이 새끼, 뒈진 거 아니야⋯⋯.

바로 그때였다.

"형! 뭐해? 일어나!"

K는 겨우 눈을 떴다. 저팔계였다. 놈이 손을 내밀었다.

"나, 난 3, 호, 가⋯⋯ 아니야!"

K는 떨고 있었지만, 분명하게 한 글자씩 또박또박 힘을 주어 말했다.

"알아, 형. 미안해! 어서 일어나!"

저팔계는 S자 갈고리를 허리춤에 차더니 다시 손을 내밀었다. 그러나 K는 선뜻 손을 잡을 용기가 나지 않았다. 다시 일어설 기운도 없었다.

"가자, 형! 가서 다 이야기하자. 다 풀자! 응? 어서 일어나."

저팔계가 K의 어깨를 흔들었다.

K는 천천히 손을 내밀었다. 그러자 저팔계의 손이 마중을 나왔다. 손길이 닿자 그는 아까보다 더 심하게 몸을 떨었다. 그 손을 저팔계가 꽉 잡았다. 저팔계는 이어 K의 어깨를 끌어안았다. 이상하게도 몸의 떨림이 멈추었다.

K는 일어나 걸었다. 저팔계가 옆으로 다가와 어깨에 손을 올렸다. 다시 어깨가 부르르 떨렸다. 하지만 곧 진정되었다.

"그나저나 형, 다친 데는 없어? 우리 애가 책 빌린다고 책방 앞에서 서성대다가 우연히 형을 봤나 봐. 애가 소리치는 바람에 후다닥 뛰어온 거야. 아무튼 큰일 날 뻔했다. 이놈 새끼들, 다음에 걸리면 이걸로 확……!"

저팔계가 S자 갈고리를 이리저리 휘저으며 너스레를 떨었다. 그런데 채 말을 끝내기도 전에 전화벨이 울렸다. 저팔계가 S자 갈고리를 다시 허리춤에 차고 전화를 받았다.

"어! 개새, 아니 진호야! 지금 어디야? 병수랑 같이 오고 있는 거야? ……응? 그럼, 규종이만 좀 늦는 거지? ……누구? 아, 미영이는 시댁에 가 있대. 조만간 들른다고 했어. ……나? 난 지금 3호, 아니 선우 형이랑 같이 있어……."

선우.

틀림없이 처음이었다. K는, 저팔계가 자신의 이름을 불러 준 게 처음일 거라 생각했다. 몹시 낯설었다. 그 때문에 얼결에 걸음을 멈추었다.

"왜?"

저팔계가 K를 돌아보며 물었다.

"아, 아니야!"

K는 고개를 저었다. 그리고 다시 책방 쪽을 향해 걸었다. 친구처럼, 나란히 어깨를 맞대고. 어색하기 짝이 없었다. 하지만 구태여 저팔계를 떼어 낼 생각은 들지 않았다. 놈이 친구든 아니든, 이렇게 나란히 걸어 본 건 처음이었으니까. 더구나 놈이, 3호가 아닌 '선우'라고 말해 주었으니까.

그런데 책방 앞에 다다랐을 때쯤, 문득 잊고 있던 것이 생각이 났다.

"참! 아까 그 빨간 목도리 두른 녀석은 어디 갔지? 무사한 거지?"

작가의 말

1년 전 겨울, 고향의 작은 도서관에서 K를 만났습니다.

나는 소설보다 더 소설 같은 현실에 던져진 그의 삶에 진심으로 미안했습니다. 그리고 자신의 이야기를 쓸 수 있도록 허락해 주고, 아울러 밤새도록 자신의 상처를 꺼내 보여 준 그에게 감사했습니다. 그의 심정으로 개구리 책방과 공중전화 박스를 찾아 헤맸고, 또한 그가 빨간 목도리를 처음 만난 골목을 수도 없이 서성거렸습니다.

그리고 지난여름, 다시 도서관으로 달려가 K를 만났습니다.

그때 K가 말했습니다. 내가 쓰는 이야기가, 자신의 친구를 아파트 옥상으로 내모는 무리들의 마음을 움직일 수 있는 힘을 갖게 되기를 바란다고 말입니다. 또한 아이들은 누구나 자신의 의지와는 상관없이 그 무리에 끼어들 수 있다는 말도 했습니다. 다시 한번 미안했고, 또 고마웠습니다.

그래서 나는 여름 내내 주말마다 고향으로 내려가 K를 만났고, 그를 만난 도서관에서 그의 이야기를 쓰기 시작했습니다. 한 장씩 이야기가 채워지는 동안, 어떤 날은 비가 내렸고, 어떤 날은 혹서(酷暑)로 탈진했습니다. 그런 나를 보고 K는 안타까워했고, 나는 그가 안쓰러웠습니다. 찬바람이 불어 내가 다시 서울로 돌아왔을 즈음, 나는 그를 그의 옛 친구들에게 돌려보냈고, 그는 낯선 주소 하나만 남겨 놓고 남쪽으로 떠났습니다.

그리고 겨울.

몇몇 사람들이 어른을 위한 소설 같다고 말할 때, 마땅히 이 소설은 청소년이 읽어야 한다며 용기를 주신 다른출판사 대표님을 만났습니다. 감사드립니다. 그리고 그런 모양이 나도록 꼼꼼하게 작품을 손질해 준 편집자 다미 씨에게 특별히 고마움을 전합니다. 나아가 사소한 나의 실수까지 챙겨 고쳐 준 정성, 아주 오래도록 기억하겠습니다.

이제 2013년 5월 둘째 주 금요일.

나는 아마 홍대 부근의 어느 허름한 식당에서, 내 소설의 첫 독자가 되어 줄 벗들과 함께 늦은 저녁식사를 할 것입니다. 그들은 내 청소년 시절 문우(文友)였고, 그리하여 내 보잘것없는 습작 '나부랭이'조차 소중하게 읽어 주며 격려해 주었던, 내 또 하나의 영혼 같은 이들입니다. 그리고 내 이야기의 '불휘'(뿌리)입니다. 감히 한 편의 소설을 세상에 내놓으며 그들과 함께할 수 있어 기쁩니다.

2013년 4월

한정영

빨간 목도리 3호

초판 1쇄 발행   2013년 5월 4일
초판 4쇄 발행   2015년 7월 14일

지은이   한정영
펴낸이   김한청
편집   김다미
마케팅   오주형
디자인   민혜원

펴낸곳   도서출판 다른
출판등록   2004년 9월 2일 제 2013-000194호
주소   서울시 마포구 동교로 27길 3-12(N빌딩 3층)
전화   02-3143-6478
팩스   02-3143-6479
블로그   http://blog.naver.com/darun_pub
트위터   @darunpub
이메일   khc15968@hanmail.net

ISBN 978-89-92711-02-9 44810
ISBN 978-89-92711-57-9 (set)